Mina Teichert

Spring! Vor allem über deinen Schatten!

Mina Teichert wurde in dem schneereichen Jahr 1978 in Bremen geboren und lebt mit ihrer kleinen Familie im ländlichen Idyll Niedersachsens. Nachdem sie zunächst als Kind hartnäckig das Ziel verfolgte, Kunstreiterin im Zirkus und Wahrsagerin zu werden, sattelte sie mit vierzehn um und träumte von dort an von der Schriftstellerei. Heute schreibt sie mit Begeisterung Geschichten für Jung und Alt.

Von Mina Teichert bereits erschienen:

Mehr über unsere Bücher, Autoren und Illustratoren auf:
www.planet-verlag.de

Mina Teichert

Spring! vor allem über deinen Schatten

PLANET!

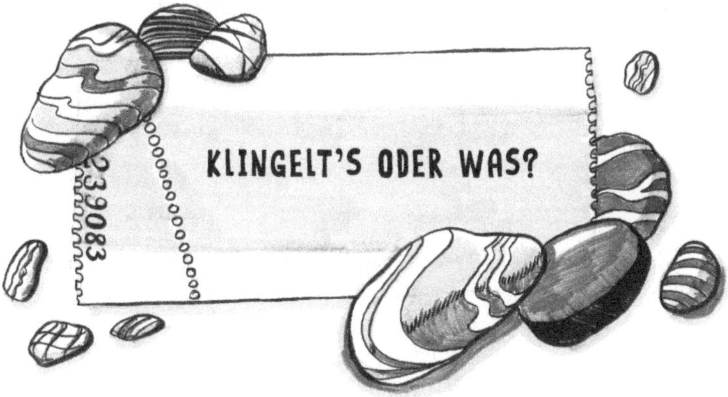

KLINGELT'S ODER WAS?

Wenn man Löcher in die Luft starrt, bleibt dann irgendwann nichts mehr von ihr übrig? Und wenn das so wäre, können dann Gedanken nicht mehr fliegen? Ich bleibe stehen, lege den Kopf schief und schaue in den blauen Himmel über mir. Wolken ziehen vorbei, bilden Formen und ich erkenne in ihnen Drachen, die Ballett-Tutus tragen. Urkomisch, wenn man mich fragt. Mein Lachen bleibt mir allerdings im Hals stecken, als ich einen Stoß in den Rücken bekomme. Hoppla!

»Ey, Pennratte!«, begrüßt mich Paul, ein Junge aus meiner Klasse, der mich nicht besonders mag. Zumindest denke ich, dass er mich am liebsten zum Mond schießen würde, da er keine Gelegenheit auslässt, mir zu zeigen, wie doof ich bin.

Ich strecke mich, um größer zu wirken. »Ich heiße Penelope«, berichtige ich ihn viel zu leise und vermeide es, ihm ins Gesicht zu gucken. »Oder Pebbels, wenn man mein Freund ist.«

Paul grinst schief und zeigt seine Zahnlücke. »Sag ich doch, Pennratte. Schläfst wieder mit offenen Augen, was?«

Seine Frage ist eher eine Feststellung und ich spüre, wie mein Mageninhalt zu Eis wird. Ganz kurz überlege ich, ob man sich selbst eigentlich einfrieren kann, wenn man sich so oft fürchtet, wie ich es tue. Und ob jetzt der Moment gekommen ist?

Paul macht einen weiteren Schritt auf mich zu und zieht an einem meiner blonden Zöpfe. Nicht doll, aber es befreit mich aus meiner Eisstarre. Ich streiche mein rotes Kleid glatt und blicke zu Boden. Viele runde Kiesel liegen dort, die meisten weiß.

»Ich schlafe nicht«, verteidige ich mich nach einem Moment. »Ich denke nur nach.«

Eine Gruppe Mädchen geht an uns vorbei, beeilt sich, zum Bus zu kommen, der sie nach Hause fährt. Ich gehe langsam rückwärts, zu ihnen, obwohl wir nicht den gleichen Weg haben, denn ich gehe immer zu Fuß.

Und Paul bellt mir viel zu laut sein: »Na dann, tu dir nicht weh!«, entgegen. Endlich dreht er sich um und wird von einer Gruppe Jungs verschluckt.

Ich atme auf, die Anspannung lässt nach und ich verlasse den Schulhof mit dem großen Gebäude, das mich immer an einen schlafenden Riesen erinnert. Ich hasse Schule! Wer sich diesen Ort der Massenverwahrung ausgedacht hat, sollte bestraft werden. Oder besser, zum Mond geschossen werden. Wenn es nach mir geht, sollten nie mehr als sieben Leute aufeinander kommen. Alles andere wird zu laut und zu viel. Mama sagt, es liegt an meiner Reizfilterschwäche, dass ich Krach und Durcheinander nicht mag. Ich sage, in der Ruhe liegen die Möglichkeiten. Besonders wenn es um Mathe geht …

Ich verziehe mein Gesicht, als ich an die letzte Arbeit denke. Die habe ich vermasselt, weil Henry die ganze Zeit über so komische Geräusche mit seinem Füller gemacht hat. Ich hatte mich ganze dreißig Minuten gefragt, an welche Melodie mich sein Gequietsche erinnert, und dann war die Stunde auch schon vorbei. Und ich hatte nur zwei Aufgaben gelöst. Definitiv nicht genug für eine gute Zensur.

Pebbels, du musst dich mehr anstrengen in der Schule, höre ich Mama im Geiste sagen. *Pebbels, du musst besser zuhören*, meint Papa immer. *Pebbels, nimm den Kopf aus den Wolken. Pebbels, trödle nicht. Pebbels, antworte, wenn ich mit dir rede.*

Mit einem Zischen stoße ich die ganze angestaute Luft aus der Lunge und biege um die nächste Ecke. Der große schmiedeeiserne Zaun des Schrottplatzes kommt in Sicht und ich werde schneller. Nichts hilft so gut gegen negative Gedanken wie bunte Glassteine. Und die findet man zu Tausenden nahe des Schildes *Zutritt verboten* auf einem Schotterhaufen.

Wenig später schiebe ich mich ein kleines Stück durch eine Lücke im Zaun, verstecke mich hinter Schrott und angle nach einem blauen Stein, der aussieht wie ein Saphir. Papa sagt, es ist nur geschmolzenes Glas. Ich bin mir da aber nicht so sicher, weil sie wie verrückt glitzern. Und wenn ich sie wie ein Mobile vor mein Fenster hänge, huschen bunte Lichtpunkte durch mein Zimmer. Ehe ich mir die Taschen mit weiteren Steinen füllen kann, ertönt ein seltsames Geräusch. Eine Art Schrillen, das mich sofort vom Gelände des Schrottplatzes flüchten lässt. Beinahe bleibe ich mit meiner Jacke am Zaun hängen, als ich durch die Lücke husche.

Das blecherne Schrillen zerteilt weiter die Stille. Es kommt tatsächlich von der alten Telefonzelle und die dürfte ja gar nicht mehr klingeln. Denn sie ist alt und tot. Das weiß schließlich jeder, der hier wohnt, denn im Zeitalter von Handys braucht man so was nicht mehr.

»Seltsame Sache«, flüstere ich und pirsche mich langsam an das gelbe Telefonhäuschen heran. Das Schrillen scheint lauter zu werden. Fast ist es so, als rufe das Telefon einen Namen:

Pebbels

Pebbels

Pebbels

Ich öffne die schwere Tür und gehe in die Kabine hinein. Es riecht nach alten Socken. Sicher war schon lange keiner mehr hier gewesen und überhaupt ist alles ziemlich verschmutzt. Mama würde einen Anfall kriegen, wenn sie wüsste, dass ich hier etwas anfasse.

»Hallo?«, frage ich zögerlich in den schweren Hörer hinein. Und eine heitere Stimme antwortet mir: »Ja, selber hallo.«

»Wer ist denn da?«, will ich wissen.

»Hier ist Coco. Und du bist Penelope, stimmt's?«

Na, so was? Das ist jetzt irgendwie unheimlich. »Woher weißt du, wie ich heiße?« Ich schaue mich mit Unbehagen um, spähe durch das stumpfe Glas der Kabine und kann niemanden entdecken. Nur vereinzelt fahren Autos auf der Straße vorbei. Niemand geht spazieren, keiner ist auf dem Schrottplatz auf dem sich Autos, Kühlschränke, Reifen und sonst was stapeln.

»Ich weiß alles. Ich bin nämlich eine helle Seherin«, erklärt das Mädchen am anderen Ende der Telefonleitung.

»So etwas gibt es nicht«, antworte ich schnell und wippe auf meinen Fußballen. Das wäre nämlich viel zu verrückt und cool, wenn das wahr wäre.

»Natürlich gibt es das. Oder glaubst du hummeldumme Nuss etwa nicht an Magie?«, fragt das Mädchen namens Coco.

»Ähm … du bist aber nicht so nett«, stelle ich fest. »Ich bin keine Nuss. Und dumm auch nicht.« Das muss die Welt doch endlich mal verstehen!

»Na ja. Überleg doch mal. Du telefonierst gerade in einer toten Telefonzelle. Das müsste unmöglich sein. Hab ich recht?«, sagt Coco und lacht. Es ist ein lustiges Lachen.

Fast muss ich mitlachen. »Ja, das ist abgefahren.« Ich schlage eines der alten Telefonbücher auf, in dem unendlich viele Zahlen und Namen stehen.

»Also, Penelope. Ich weiß alles über dich. Und auch, dass du immer zu spät nach Hause kommst, weil du dich verläufst …«

Mein Finger stoppt bei einem Herrn Wegmann und die Worte von diesem fremden Mädchen sickern viel zu langsam in mein Hirn. »Na ja. Das weiß jeder«, gebe ich zu bedenken und fühle mich einmal mehr beobachtet.

»Und dass du kleine Glassteine vom Schrottplatz klaust …«, fügt Coco jetzt hinzu und wartet.

Au Backe! Das kann nicht jeder wissen. Da hab ich aufgepasst.

»Das ist gar nicht wahr«, protestiere ich also und taste die Formen des kleinen blauen Glassteins in meiner Jackentasche ab.

»Ich muss jetzt auflegen«, beeile ich mich zu sagen und möchte plötzlich flüchten. Außerdem wird es Zeit, dass ich nach Hause komme, sonst ist Mama wieder sauer.

»Moooment mal!«, hält das Mädchen mich zurück. »Du hast gemopst. Und außerdem kannst du jetzt nicht einfach gehen!«, protestiert sie. Darauf folgen halb verschluckte Flüche. Wie *Potz-blitz-verdammt-noch-eins*, und ich lege erschrocken auf. Mit etwas zu viel Schwung vielleicht. Das ganze Telefon zittert. So wie meine Beine.

Das Telefon schrillt erneut und ich stoße vor Schreck einen Schrei aus. Meine Hände schwitzen, als ich den schwarzen Hörer wieder abnehme.

»Ja?«

»Oh, schön, dass ich wieder dran bin«, höre ich Coco sagen. »Du kannst mich jetzt nicht einfach hier klingeln lassen, musst du wissen.«

»Und wieso nicht?« Ich könnte einfach die Beine in die Hand nehmen und wegrennen. So schnell, als wäre Paul mal wieder hinter mir her. Oder der Nachbarshund Kunibert, der zwickt nämlich.

»Na, das ist doch ganz klar. Weil du eine Freundin brauchst.«

Mit dem Grund hätte ich jetzt nicht gerechnet. Ich muss schlucken. Kann es wirklich sein, dass Coco alles über mich weiß?

»Furzdoof«, ertönt es plötzlich aus dem Hörer, den ich etwas habe sinken lassen, weil er mir auf einmal viel zu schwer vorkommt.

»Warum sagst du solche Sachen?«, wundere ich mich. »Hat deine Mama dir nicht beigebracht, dass man keine Schimpfwörter benutzt?« Ich darf nicht mal »Mist« zu Hause sagen. Und das ist gar nicht so einfach, wenn man alles sagt, was einem durch den Kopf geht. Und Gründe zum Fluchen gibt es zuhauf.

»Meine Mama hat sie mir selbst beigebracht«, behauptet Coco vorwitzig.

»Das glaube ich dir nicht«, stoße ich aus und gehe all meine Verwandten durch, auf der Suche nach Kraftausdrücken. Onkel Helmut hat mal »Kackstelze« gesagt und musste dann gehen. Das war auf der Hochzeit von Tante Sandra.

»Bei uns ist das so, musst du wissen. Da fluchen alle. Das gehört sozusagen zum guten Ton«, behauptet Coco und holt tief Luft. »Ich habe mein halbes Leben im Zirkus verbracht. Und dort bin ich auch magisch geworden, musst du wissen. *Verkackt noch eins.*« Die letzten drei Worte sind schrill. Fast wie ein Niesen.

»Aha?« Das beeindruckt mich jetzt mehr als die Tatsache, dass ich in einer magischen Telefonzelle stehe und telefoniere. Moment mal. Könnte das hier so was wie in Narnia werden? In

dem vier Kinder durch einen Schrank in eine fremde Welt gelangen? Das wäre ja mega! »Und wie viel ist ein halbes Leben?«, frage ich vorsichtig.

»Na, die Hälfte an Jahren, wie alt ich bin, natürlich«, erklärt Coco trocken. Ich kann ihr Grinsen heraushören.

»Und wie alt bist du?«, will ich wissen.

»Drölf.« Ich stutze. »Die Zahl gibt's doch nicht.«

»*Gibt's nicht*, gibt's nicht. Es gibt alles Unmögliche. Und ich bin fast dreizehn, aber immer noch zwölf. Also bin ich drölf, ist doch logisch«, erklärt Coco eine Spur zu schnell. Ich brauche einen Moment, um zu kapieren.

»Oh, wie ich also. Ich bin auch zwölf.« Mein Herz macht einen seltsamen Sprung in meiner Brust.

»Ja, das ist phänomenal«, verkündet Coco feierlich.

»Also hast du sechs Jahre im Zirkus gelebt …«, rechne ich. »Und die andere Hälfte?«

»Auf dem Rummel, der Kirmes und dem Jahrmarkt.«

»Wow«, hauche ich und bin mir unsicher, ob das nicht alles das Gleiche ist.

»Ich bin nämlich auch Geisterbahn-Chef-Inspektorin, musst du wissen«, erzählt Coco weiter.

»Was soll das denn sein?« Ich stelle mir ein Mädchen in Uniform vor, die mit Taschenlampe und Lupe durch die dunklen Gänge schleicht und Fehler im System sucht. Apropos Fehler im System, könnte es sein, dass ich gerade verrückt werde?

»Na, ich merke schon. Du bist nicht die Hellste, was?«, beginnt

Coco und ich unterdrücke den Impuls, den Hörer wieder aufzuhängen, angesichts der Beleidigung. Diesmal vielleicht ganz doll.

»Aber mach dir nichts draus, ich erkläre es dir«, redet Coco einfach weiter. »Ich teste die Geisterbahnen und die Gespenster in ihr. Wer nicht schockt, muss wieder nach Hause ins Geisterreich, denen wird dann die Erlaubnis zum beaufsichtigten Spuken entzogen. Von mir höchstpersönlich, natürlich.«

»Natürlich.«

»Ja, glaubst du mir etwa nicht?«, fragt Coco jetzt leicht säuerlich.

»Doch, doch«, beeile ich mich zu antworten. Das ist alles so verrückt. Das muss doch stimmen, oder nicht?

»Hast du zufällig einen Autoskooter zu Hause?«, fragt Coco plötzlich und ich bin vollends verwirrt.

»Ja«, antworte ich langsam und denke an das rote Ungetüm, das Papa sich für seinen Hobbyraum angeschafft hat. Er hatte dieses kleine Auto von *diesem* Schrottplatz gekauft. Mein Blick gleitet einmal mehr über die Berge Gerümpel, hin zu den Überresten eines alten Karussells.

»Echt? Das ist ja krötengenial«, flötet das Mädchen laut in den Hörer und ich halte ihn etwas weiter vom Ohr weg.

»Und warum ist das wichtig?«, frage ich mich eher selbst.

»Das ist wichtig, wenn man alte Kirmeschips hat«, lässt Coco mich wissen. »So«, sagt Coco. »Ich muss jetzt fort.«

»Hey, warum denn?« Ich bekomme so was wie Panik, mein

Magen summt. Es wird doch gerade erst schön mit diesem Hirngespenst.

»Geschäfte«, flüstert Coco geheimnisvoll.

»Was denn für Geschäfte. Musst du in die Geisterbahn?«, hake ich nach und möchte mich am liebsten anbieten, als Assistentin der Geschäftsleitung.

»Ich muss einem Karussellschubser in den Arsch treten«, erklärt Coco. Wieder knackt es in der Leitung. Oha. Das hört sich ja interessant an. Ich muss grinsen und denke darüber nach, wie es sich wohl anfühlt, Leuten in den Arsch zu treten. Verbal meinetwegen, also nur mit Worten. In meinen Träumen male ich mir regelmäßig aus, auch mal auszuteilen und nicht nur einzustecken. Leider bin ich immer, wenn es darauf ankommt, wie gelähmt. Mama sagt, ich wäre schüchtern. Ich sage, ich bin ein Angsthase.

»Was ist denn ein Karussellschubser?«, will ich wissen.

»Das erkläre ich dir ein anderes Mal«, verspricht Coco mir.

»Okay«, antworte ich. »Und wann reden wir wieder?«

»Ruf mich nicht an, ich rufe dich an«, ist das Letzte, was diese Coco sagt, bevor sie einfach auflegt.

Ich stehe ziemlich belämmert in der alten Telefonzelle. Eingedreht in die viel zu lange Telefonschnur und denke nach.

»Ich hab ja gar keine Telefonnummer von dir, Coco«, flüstere ich und kämpfe mich frei. Ich könnte sie nicht mal kontaktieren, wenn ich wollte. Dann hänge ich den Hörer in die Gabel und gehe nach Hause.

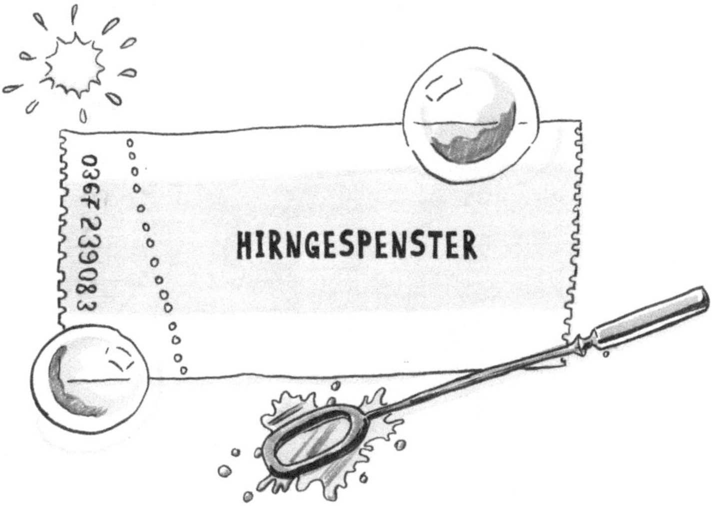

Ich konnte die halbe Nacht nicht schlafen und habe mir den Kopf zerbrochen, ob es wirklich sein kann, dass eine Welt neben der unseren existiert. Dass es Orte wie das Wunderland oder Narnia wirklich gibt und Coco einen Schlüssel zu diesen hat. Was wäre alles möglich mit ein bisschen Zauberei? Ich könnte vielleicht so einigen Unannehmlichkeiten entgehen, wenn ich jemanden hätte, der hexen kann. Mathearbeiten zum Beispiel. Ich ziehe mir die Bettdecke bis zur Nase und drehe mich um. Der Wecker klingelt ein zweites Mal und Mama kommt in mein Zimmer.

»Pebbels, du musst jetzt aber endlich aufstehen«, mahnt sie mich und drückt mir einen Kuss auf die Stirn. Ich kann gar nicht so schnell protestieren, wie sie die Gardinen aufreißt und die Sonne ins Zimmer lässt. Das Tageslicht sticht in meinen Augen und die Steine, die vor dem Fenster baumeln, glitzern in bunten Farben.

»Zack, zack, Mäuschen.« Und weg ist die Decke. »Guck nicht

so, als hättest du in eine Zitrone gebissen«, meint Mama und zwinkert mir zu.

Ich stehe auf, laufe barfuß zu meinem Schrank und denke an gelbe Früchte. An Limonade und daran, wie Oma sie immer zubereitet hat, bevor sie sich eines nachts klammheimlich auf in den Himmel gemacht hat. Oh, Mist! Das tut immer noch weh, dass sie weg ist. Ich schlucke und kann nichts dagegen machen, dass ich losheule. Einfach so.

»Schätzchen, was ist denn los mit dir?«, fragt Mama alarmiert, als sie meine Tränen entdeckt.

»Ich find es einfach nur doof, dass man nie mehr aus dem Himmel rauskommt, wenn man erst mal da ist«, platzt es aus mir heraus.

Mama runzelt die Stirn und legt ihre Hände auf meine Schulter. »Geht's um Omi?«, errät sie.

»Um wen denn sonst? Sie hat mir nie gesagt, wie sie Limonade macht«, schluchze ich.

»Ach, Pebbels. Ich kann es dir doch auch zeigen.« Mama ist genauso traurig, ich sehe es ihr an. Oma ist jetzt ganze neun Monate nicht mehr da und ich kann nicht vergessen, dass sie mir fehlt.

»Der liebe Gott wollte Oma eben bei sich haben«, sagt Mama und ich möchte ihr gerne sagen, dass der liebe Gott ganz schön gemein ist. Stattdessen bleiben die Worte und die Wut irgendwo in meinem Magen stecken und ich fange an mich anzuziehen. Vollkommen wahllos, wie immer.

Die verschiedenfarbigen Socken entdecke ich erst, als ich unten in die Turnschuhe schlüpfe. Mama drückt mir ein Schokobrot in die Hand und ich verkrieche mich einen Moment in Papas Autoskooter. Manchmal hab ich das Gefühl, ich gehöre hier nicht her. In diese Welt, diese schnelle Welt, in der man pünktlich in der Schule sein muss. Und nach Stoppuhr Aufgaben bewältigen soll.

»Pebbels, du musst zur Schule«, ruft Mama in den Hobbyraum hinein. »Beeil dich bitte.« Plötzlich steht sie vor mir und stemmt die Arme in die Seite. »Sag mal, isst du wieder im Auto?«, fragt Mama. Ihre Brille sitzt irgendwie schief auf der Nase und ich muss lächeln, was Mama in den falschen Hals bekommt. »Mach es ja nicht schmutzig. Du weißt, dass es Papas ganzer Stolz ist«, mahnt sie und hebt den Zeigefinger. Dumm, dass ich ganz plötzlich niesen muss, sicher eine Unfreundlichkeitsallergie und mit einem *Hatschiiih* verteilen sich Spucke und Brotreste im Autoskooter. Bah!

»Ach, Pebbels«, stöhnt Mama und eilt mit einem Taschentuch herbei. Ich steige umständlich aus.

»'tschuldigung. Aber gegen Niesen kann man nix machen«, verteidige ich mich, während sie die Sauerei fortwischt.

»Mama? Hast du eigentlich auch Hirngespenster?«, frage ich und denke an die Telefonzelle und das seltsame Mädchen, das während des Gesprächs behauptet hat, sie sei nicht echt. Denn es kann ja unmöglich nur mir so gehen?

»Du meinst Hirngespinste?«, hakt Mama nach.

»Sag ich doch.« Nie hört die mir richtig zu.

»Wenn sich jemand Dinge einbildet, dann hat er Hirngespinste«, erklärt Mama und gibt mir meine Büchertasche. Ich hätte ein Pferd werden sollen, um die ganzen Bücher zu tragen, denke ich, als ich das volle Gewicht zu spüren bekomme.

Ich folge Mama zur Haustür, ihr großer Po wackelt in der blauen Jeans von einer zur anderen Seite. Bei dem Anblick könnte es einem fast seekrank werden.

»Ich hab dir deine Brotdose in die Tasche gepackt«, höre ich Mama über die tosenden Wellen einer rauen See hinweg sagen, die ich mir gerade vorstelle. Ich bleibe stehen, sehe in meiner Fantasie Möwen über mir kreisen und höre ihre Schreie. Fast ist es, als schmecke ich sogar das Salz des Meeres auf meiner Zunge und … bekomme einen Schubs von Mama. »Hey, träum nicht.«

»Mach ich nicht«, entgegne ich und öffne die Tür. Mein Blick fällt auf die Socken, die unter den Hosenbeinen hervorschauen. Die eine rot, die andere gelb. Ich kaue auf meiner Unterlippe, besorgt darüber, was die anderen dazu für eine Meinung haben werden. Und eine Meinung haben die irgendwie immer zu meiner Kleidung. Zu bunt, zu schwarz, zu klein, zu out.

»Jetzt aber hopp, hopp«, treibt Mama mich energisch an und guckt auf die Uhr.

Ich sprinte los, aus dem Gartentor, hinaus auf den Gehweg, um die nächste Ecke in Richtung Schrottplatz. Die Telefonzelle ist nur noch sieben Schritte entfernt. Sie ragt fast schon unheimlich in der Morgendämmerung vor mir auf und erinnert mich plötzlich viel zu sehr an das perfekte Zuhause für ein Gespenst. Gut, zwar nur für ein sehr kleines Hirngespenst namens Coco, aber immerhin.

Vielleicht hab ich gestern ja nur geträumt? Taggeträumt, um genau zu sein. Mama sagt, man kann regelrecht in solchen Träumen verschwinden, auf Nimmerwiedersehen.

Die gelbe Telefonzelle ist nur eine Handbreit entfernt und klingelt nicht. So gar nicht. Oleg, ein Nachbarsjunge, der auch auf dem Weg zur Schule ist, kommt vorbei. Er hat keinen Blick für mich übrig und ich erinnere mich daran, dass er mal sagte, die gelbe Zelle solle man lieber abreißen.

»Also doch nur ein Tagtraum«, kombiniere ich und fühle mich ein bisschen einsam. So wie Mirjas Meerschweinchen, das immer ganz alleine in seinem Käfig sitzt, weil Mirja kein zweites haben darf.

Oleg sieht mich jetzt doch an, er rümpft die Nase. Ich stecke meine Hände tief in die Hosentaschen und beschleunige meinen Schritt. Und … bleibe ruckartig stehen. In der Telefonzelle klingelt es.

Geil! Mein Hirngespenst! Auch Oleg bleibt stehen. Sein Mund klappt auf und zu wie bei einem Fisch.

»Ich geh ran«, stoße ich aus. Oleg ist schneller.

»Hallo?«, sagt er in den Hörer und hält mich mit seinem Arm auf Abstand, als ich mich zu ihm in die Zelle quetsche.

»Das ist für mich«, versuche ich zu erklären und zupfe zaghaft an seinem Ärmel. Oleg lauscht, eine steile Falte zeigt sich zwischen seinen Brauen.

»Komm schon, das ist mein Telefongespräch«, fordere ich erneut, diesmal weinerlich.

»Nein, das ist für eine Penelope«, antwortet Oleg überrascht und wundert sich etwas zu lange.

»Aber *ich* bin Penelope. Das ist mein echter Name«, erkläre ich dem Jungen, der mich nur unter Pennratte oder Pebbels kennt.

»Oh, du Arme. Der ist ja noch schlimmer«, spottet der und gibt den Hörer endlich weiter. Ich beginne zu zittern, so aufgeregt bin ich.

»Hallo?«, frage ich und beobachte, wie Oleg sich vor der Tür positioniert und wartet.

»Hallihallo, hier ist Coco«, höre ich mein Hirngespenst sagen. »Wie geht's, wie steht's, Penelope? Ich finde deinen Namen übrigens schön. Im Zirkus hieß unsere dressierte Sau so. Penelope, die Wundersau.«

»D…d…danke«, stammele ich. Ich bin mir nicht ganz sicher, ob es schön ist, wie ein Schwein zu heißen. Auch wenn es eine Wundersau ist. »Und geht so, ich muss in die Schule«, berichte ich und stelle mir ein rosa Schwein vor, das ein Namensschild trägt. Mit meinem Namen darauf.

Oleg guckt mich komisch an und lässt die Tür auf und zu schwingen, das Knarren das dabei entsteht, macht mich verrückt. Ich wünschte, er würde damit aufhören.

»Wer hat das Telefon repariert?«, fragt er eher sich selbst und kratzt sich am Kopf. Dabei fällt ihm sein viel zu langer brauner Pony vor die Augen.

»Na, das war ich«, antwortet Coco am anderen Ende der Leitung lauter. So laut, dass Oleg es mithören kann. Umgehend nimmt er mir den Hörer wieder ab. »Das ist unmöglich. Du bist ein Kind«, sagt er verächtlich.

»Pff«, höre ich Coco sagen. »Furzdüsendoof.«

Ich lausche.

»Ich bin ein Kind, ja. Aber ich bin auch Ingenieurin, musst du wissen. Da kann man so was«, brüllt Coco fast. Sie scheint plötzlich wütend zu sein.

»Mein Vater ist Bauingenieur«, meint Oleg und hört sich dabei an wie ein Klugscheißer. »Der baut Häuser und repariert keine hässlichen Telefonzellen«, kontert er.

»Nun gut. Aber weiß er auch, wie viel Luft man braucht, um daraus Schlösser zu bauen?«, fragt ihn Coco und wartet ab.

»Wie bitte?« Oleg sieht unsicher aus und ich muss kichern.

»Ich sehe schon, du verstehst mich nicht«, sagt Coco und lacht ebenfalls.

Oleg verdreht die Augen. »Man baut aus Luft keine Gebäude«, stellt er klar.

»Nur die richtig guten Leute können die Luft genau abmessen, um damit zu bauen. Man muss schlau sein, um Luft zu berechnen. Kannst du mir glauben.« Coco atmet tief ein und erzählt weiter. »Im Zirkus rechnen alle Leute mit Luft. Die Artisten berechnen, durch wie viel Luft sie fliegen müssen, um sicher zu landen. Die Clowns müssen vorher genug Luft zusammengetragen haben, um sie in die Ballontiere zu füllen. Und wenn man Otto, den Elefanten, ausmistet, sollte man wissen, wie viel Luft er geschluckt hat. Denn wenn *der* furzt, kann es dich von den Beinen hauen, musst du wissen.«

»Das ist mir zu blöd«, meint Oleg und sieht jetzt ganz schön mitgenommen aus. Er fährt sich hektisch durch seine gestylte Föhnfrisur.

»Na gut. Dann gib mir mal lieber Penelope wieder und geh in die Schule, was lernen. Ich fürchte, das ist ganz wichtig für dich«, meint Coco mitleidig. Ich weiß nicht wieso, aber Coco gefällt mir immer besser.

»Tss«, stößt Oleg verächtlich aus und hängt den Hörer einfach ein.

Ach du Scheiße! »Ey, warum machst du das?« Jetzt ist Coco wieder weg! Und ich habe keine Nummer, unter der ich sie erreichen kann.

Oleg zupft an einem meiner blonden Zöpfe und ich beiße mir auf die Lippe, um nicht loszuheulen.

»Ich geh jetzt zur Schule. Kannst ja mitkommen, Zwerg«, sagt er lahm und geht einfach. Ich hebe den Hörer ab, aber es kommt kein Ton heraus. Nicht einmal ein Freizeichen. Ich lege auf, nehme wieder ab und wiederhole das Ganze sieben Mal. Doch es bleibt totenstill. Danach gebe ich auf und laufe zur Schule.

Natürlich komme ich zu spät und der Lehrer sitzt schon auf

seinem Stuhl. »Na, Penelope. Was hat dich heute aufgehalten?«, fragt Herr Nielsen und ich lasse mich auf meinen Stuhl plumpsen.

»Die Telefonzelle«, setze ich zu einer Erklärung an und höre die anderen hinter mir kichern. Meine Finger finden unter der Tischkante einen alten Kaugummi. Ich kann mich gar nicht daran erinnern, dort einen hingeklebt zu haben.

»Meint die ihr Handy?«, fragt Klara, an Henriette gewandt.

»Die hat doch gar keins.« Miras Stimme klingt spöttisch. Ich drehe mich zu ihr um und sie hebt ihre Augenbrauen. »Was? Stimmt doch.«

Mein Deutschlehrer kneift sich in die Nasenwurzel, als würde ich ihm Kopfweh bereiten.

Der Schulvormittag vergeht viel zu langsam. Ich muss die ganze Zeit an Coco denken und frage mich, was eigentlich eine Furzdüse ist. Und wie viel Luft man braucht, um seinen Kopf damit zu füllen, wenn man mal nichts denken möchte. Irgendwie denke ich viel zu viel. Meine Gedanken machen keine Pause und sie drehen sich manchmal lachend im Kreis.

Als die Schule endlich aus ist und alle nach Hause dürfen, nehme ich die Beine in die Hand. So schnell bin ich noch nie gelaufen. Viel früher als sonst komme ich am Schrottplatz an. Die Telefonzelle ist stumm und meine Fingerspitzen tanzen auf dem Glas der Tür herum. Ich warte, relativ geduldig. Es bleibt weiter alles still und ich lehne mich müde gegen das gelbe Häuschen. Irgendwann beschließe ich hineinzugehen und selbst eine Nummer zu wählen. Ich tippe 1-2-3-4-5 und halte die Luft an. Es tutet, damit hätte ich jetzt nicht gerechnet. Und … jemand hebt ab.

»Ja?«, fragt eine überraschte Mädchenstimme.

»Hey, Coco. Ich bin's Pebbels«, freue ich mich wie Bolle und tanze regelrecht in der kleinen Kabine herum.

»Nanu? Das ist ja wie Zauberei«, wundert sich Coco. »Ich hätte nicht vermutet, dass meine Leitung in zwei Richtungen funktioniert«, sagt Coco. »*Potzblitz hummeldumm!*«

»Tja, da kannst du mal sehen. Im Übrigen glaube ich nicht, dass du hellsehen kannst«, erkläre ich Coco, weil ich echt lange darüber nachgedacht habe.

»Wie kommst du denn darauf?«, fragt Coco und ich höre Verärgerung aus ihrer Stimme heraus.

»Jetzt stehst du aber auf dem Schlauch«, sage ich mutig. Das sagt Papa immer zu mir, wenn ich eine einfache Rechnung nicht verstehe. »Du hast dich doch gerade selbst verraten. Du wusstest nicht, dass ich dich anrufen würde«, triumphiere ich.

»Das mit dem Rechthaben ist so eine Sache. Das Recht liegt nämlich im Auge des Betrachters. Ich kann doch nicht die ganze Zeit hellsehen. Weißt du denn nicht, wie anstrengend das ist?«, fragt mich Coco und seufzt lang gezogen.

»Nö«, gebe ich zu.

»Immer kommt eine neue Zukunftsnachricht für irgendjemanden. Dann wird der Kopf ganz voll und quillt über wie eine Flasche Cola, in die man Brausetabletten gesteckt hat. Deshalb stehe ich manchmal ganz gerne auf dem Schlauch. Oder in diesem Fall, auf der Leitung. Der Telefonleitung, um genau zu sein.«

»Aha?« Jetzt bin ich verwirrt. »Das mit dem vollen Kopf kenn ich«, gebe ich zu. »Manchmal ist meiner so voll, dass ich im Unterricht nicht aufpassen kann.«

»Ach so?«, fragt Coco.

»Ja, das kommt, weil ich ADS habe. Das bedeutet Aufmerksamkeitsdefizitsyndrom. Da kann man sich nicht gut konzentrieren«, berichte ich und zitiere dabei Mama, wenn sie mit ihren Freundinnen über mich redet.

»Das macht ja nix«, meint Coco. »Und wo wir gerade beim Aufpassen sind. Habe ich dir schon von Otto erzählt?«

»Dem pupsenden Elefanten?«, erinnere ich mich vage.

»Ja, genau der. Eines Tages hab ich zu ihm gesagt: Sehr verehrter Herr Otto, du musst aufpassen, wenn du über die Kirmes gehst. *Wieso?*, hat er mich gefragt. Daraufhin habe ich ihn gewarnt: Du könntest von einem Autoskooter angefahren werden.«

»Aber was macht denn ein Elefant auf der Kirmes?«, will ich wissen. Ich stelle mir das riesige Tier vor, wie es zwischen den ganzen Leuten und an den Karussells vorbeirennt.

»Na, wenn ihm der Zirkus mal zu viel wird, dann geht er eben auf den Rummelplatz, um sich zu entspannen«, behauptet Coco und ich frage mich, ob so ein Rummelplatz der richtige

Ort dafür ist. Ich denke an die ganzen Lichter, die vielen Fahrgeschäfte, die Musik, die durcheinanderspielt und die ganzen Gerüche. Mir wird bei der Vorstellung schon ganz schwindelig.

»Und …«, fährt Coco fort, »… meine Warnung hat einen schlimmen Unfall verhindert. Denn als Otto am Autoskooter vorbeikam, sprang ein wild gewordenes Exemplar von der Bahn. Um ein Haar hätte es Otto gerammt. Nicht auszudenken, was dann geschehen wäre. Weißt du, was passiert, wenn man einen Elefanten schubst?«, fragt Coco.

»Nein, was denn?« Ich knabbere angespannt auf meiner Unterlippe und zupfe am Telefonkabel.

»Genau das ist es ja. Das weiß keiner so genau. Deshalb ist es ja auch so gefährlich. Es wäre möglich, dass er umfällt und tausend Menschen plattmacht. Oder er schubst zurück, und derjenige, den es erwischt, landet auf dem Mond.« Coco seufzt.

»Krass.« Meine Stimme ist wie ein Hauch im Wind, so beeindruckt bin ich.

»Das kannst du laut sagen.«

»Krass!«, schreie ich beinahe in den Hörer.

»Hui, nicht sooo laut, *verkacktnochmal*!«, flucht Coco.

»Warum schimpfst du denn schon wieder?« Ich hab noch nie jemanden so viele Kraftausdrücke sagen hören.

»Ich fluche doch gar nicht. Ich niese nur«, erklärt mir Coco ruhig.

»Das ist doch kein Niesen«, überlege ich und denke an heute Morgen, als ich den Skooter vollgeschleimt habe.

»Doch. Ist es. Und ein Niesen kann man nicht aufhalten«, verkündet Coco ernst.

»Du bist ulkig«, stelle ich fest. Und zwar ulkiger als jedes Wesen, das ich je kennengelernt habe. Mit Ausnahme von Nachbars Dackel, der so schön seinen eigenen Schwanz jagt.

»Ist das eine Beleidigung? Versuchs noch mal«, antwortet Coco.

»Ich wollte dich nicht beleidigen.« Für einen Moment bin ich etwas erschrocken.

»Na, dann ist ja gut.« Coco räuspert sich laut. »Und wo wir gerade bei Autoskootern sind, welche Farbe hat denn eurer?«, will sie nun wissen.

»Rot, wieso?«

»Super«, jauchzt Coco plötzlich.

»Was ist denn daran super?«, frage ich und muss mich schon wundern. Haben Coco und ich etwa auch noch die gleiche Lieblingsfarbe?

In diesem Moment biegt meine Mutter um die Ecke und sieht richtig sauer aus.

»Pebbels!«, ruft sie und winkt mir hektisch zu.

»Ich muss auflegen.« Oje. Das gibt Mecker. Mama kann es gar nicht leiden, wenn ich mich verspäte. Vermutlich, weil das so oft vorkommt.

»Warte mal«, ruft Coco am anderen Ende der Leitung. »Du hast mir noch nicht gesagt, wo euer Autoskooter steht«, protestiert mein Hirngespenst.

»Keine Zeit«, hauche ich und knalle den Hörer auf die Gabel.

»Hier bist du also«, sagt Mama und reißt die Tür der Telefonzelle auf. »Pfui, ist das dreckig hier drinnen.« Sie rümpft die Nase, nimmt mich am Arm und zieht mich heraus. Ich kann mich gerade noch von der Telefonschnur befreien. »Jetzt aber schnell, das Essen wird kalt.«

Ich gehorche, weil ich weiß, dass Widerstand zwecklos ist.

SCHULHORROR UND SEIFENBLASEN

Am nächsten Morgen bleibt die gelbe Zelle stumm. Ich gehe ganze zehnmal vor ihr auf und ab, bis ich wieder zu spät für die Schule bin. Diesmal schlüpfe ich gerade noch vor der Lehrerin in den Klassenraum und setze mich an den Gruppentisch, den ich auch heimlich Zickentisch nenne. Denn Mira hat jeden Tag einen schlechten Tag und meckert mindestens einen von uns am Tisch an. Heute bin ich an der Reihe.

»Mann, Pebbels. Du hast meine Schultasche umgestoßen«, zischt sie mich an und hebt eine ihrer dünnen Augenbrauen. Umgehend bücke ich mich nach ihrer herausgefallenen Federmappe und reiche sie ihr.

»Tut mir leid«, entschuldige ich mich und ziehe den Kopf ein. Mir fällt auf, dass sie rot lackierte Fingernägel hat, die richtig leuchten. Ich wette, damit könnte sie Fluglotse werden und mit wenigen Bewegungen ihrer signalfarbenen Finger die Maschinen sicher landen lassen. Fahnen zum Wedeln wären unnötig.

Ich denke an Coco. Wie sie wohl aussieht? Ich stelle sie mir irgendwie zauberhaft vor. Wie eine Mischung aus Prinzessin Lillifee und Ronja Räubertochter. Vielleicht hat sie auch rote Fingernägel oder sogar pinke Haare? Lila wäre genauso klasse und durchaus denkbar. Ich stütze meinen Kopf auf meine Hand und zwirble einen meiner blonden Zöpfe. Max wirft einen Papierball quer durch die Klasse. Nadja niest laut und stößt sich dabei den Kopf am Tisch. Paul haut Lukas mit dem Englischbuch.

Ich schaue aus dem Fenster, eine Biene sitzt auf dem Glas. Die Lehrerin verschwindet wieder aus der Klasse, weil sie Kopien vergessen hat, und es wird unerträglich laut. Alle reden durcheinander. Die Stimmen verschwimmen zu einem Rauschen und ich wünsche mich weg. Sehr weit weg, an einen leisen Ort. Wie mein Bett zum Beispiel.

»Ey, bist du taub?«, fragt mich jemand und tippt mir an die Schulter. Es ist Mira, die etwas von mir will. Einen unendlich langen Moment starre ich auf ihren hübschen Mund, der sich bewegt, doch ich verstehe nicht, was er sagt. Also lächle ich stur. »Wie sieht's aus, machst du es?«, wiederholt sie ihre Frage.

»Was denn?« Ich strenge mich an, um ihre Worte aus dem ganzen Lärm im Klassenzimmer herauszufiltern.

»Ob du das Plakat für die Gruppenarbeit alleine machen kannst?« Sie sieht mich so freundlich an wie seit Wochen nicht mehr. »Heute Nachmittag, die Hausaufgabe?«

Und das Gesagte sickert in mein Hirn. »Klar«, höre ich mich

antworten und möchte mich gerne selbst schütteln. So ein Plakat ganz alleine zu beschriften, zu bemalen und zu bekleben, kann dauern. Bei mir erst recht.

»Das hört man doch gerne, nicht wahr, Mädels?«, trällert Mira zufrieden und schaut die anderen Mädchen an. Henriette bohrt ganz ungeniert in der Nase.

Klara grinst breit und klatscht in die Hände. »Genial, dann können wir ja doch ins Freibad«, freut sie sich und überprüft anschließend mithilfe ihres Handys, ob ihre Frisur noch sitzt.

»Ihr geht Schwimmen?«, frage ich dümmlich.

»Äh, ja«, antwortet Mira. »Dank dir, Pebbels. Du bist unsere persönliche Heldin.«

Im Grunde würde ich auch gerne mal wieder ins Freibad gehen. Obwohl ich das letzte Mal fast ertrunken wäre, weil ich kurzzeitig vergessen hatte, dass ich gar nicht schwimmen kann. Ich kapier es einfach nicht, wie man über Wasser bleibt. Oder wie man unter Wasser atmet. Und mit Schwimmflügeln sehe ich echt albern aus. Also war ich letzten Sommer ohne unterwegs gewesen und bin dummerweise mit den anderen einfach ins große Becken gehüpft. Das war so lange lustig, bis ich untergegangen bin wie ein Stein. Und bis Maris mich wieder herausgefischt hatte.

Ich blicke unauffällig zu dem blonden Jungen mit Cap, der sich hinter einem Buch versteckt. Für einen Moment sehe ich ihn vor mir, wie er sich über mich beugt und ganz kurz davor ist, Mund-zu-Mund-Beatmung zu machen. Keine Ahnung, wie ich das gefunden hätte. Wäre bestimmt darauf angekommen, was er zuvor gegessen hat. Ist ganz sicher ein Unterschied, ob es eine Bockwurst oder ein Colaeis gewesen wäre.

Ich seufze. Mit einem Mal fällt mir auf, dass ich Maris immer noch anstarre. Und ihm fällt es leider auch auf und meine Gedanken zerplatzen wie Seifenblasen.

»Attention please«, höre ich. »Schlagt bitte Seite dreihundertneun in eurem Englischbuch auf«, fordert unsere Lehrerin, die wieder aufgetaucht ist, und ich stelle fest, dass ich mein Buch nicht dabeihabe. Es liegt ganz sicher noch auf meinem Schreibtisch zu Hause. Mist.

Ich hebe zögerlich die Hand. »Miss Lindburg, ich hab mein Buch vergessen«, gebe ich zu.

»Penelope, das ist schade«, antwortet sie nicht sonderlich überrascht und platziert ihren Hintern auf dem Schreibtisch. »Wie gut, dass dein Kopf festgewachsen ist, sonst würde der auch fehlen. Und das wäre wirklich fatal.« Sie verengt die blauen Augen und eine steile Falte zeigt sich auf ihrer Stirn.

Mein Lächeln verrutscht.

»Wehe, du vergisst morgen das Plakat mitzubringen«, droht Mira mir plötzlich und ich frage mich, was wohl passiert, wenn ich es doch vergesse. Zick, zack, Rübe ab?

»Keine Sorge. Das wird nicht passieren«, antworte ich eingeschüchtert. Nicht, wenn ich mir überall meine Klebezettel mit Erinnerungsnotizen hinpappe. An die Stirn zum Beispiel.

»Hast du gehört?«, fragt Mira an Henriette gewandt. »Die

Jungs werden auch da sein. Lukas, Paul und Maris«, höre ich sie sagen und kaue an meinem Bleistift.

»Oh, das ist ja schön«, rutscht es mir raus, als mir zeitgleich einfällt, dass ich gar nicht dabei bin.

»Ja, Mira und Maris werden bestimmt heute ein Paar«, flüstert Klara und kichert.

»Oh«, bringe ich hervor und sehe die beiden in den Sonnenuntergang reiten. Ich dagegen reite mich ein Stück weiter in die Scheiße, als ich unerwartet von der Lehrerin drangenommen werde und keine Ahnung habe, was sie von mir möchte … Auf welcher Seite sind wir eigentlich?

Endlich ist die Schule vorbei. Ich bin hundemüde, oder pennrattenmüde, wie man es nimmt. Die ganze Zeit muss ich gähnen. An der Telefonzelle angekommen, schmeiße ich meine Tasche in die Ecke und wähle Nummern. Ganz wahllos. Und es dauert eine ganze Weile, bis Coco abhebt.

»Nanunana!«, begrüßt sie mich und ich kann wieder lächeln. »Ich frage mich, ob du genug gelernt hast«, überlegt sie und kichert.

»Für heute auf jeden Fall«, wird mir klar. »Nimm nie zu wenig Geld mit in die Schule.«

Die Leitung knackt und ich drücke den Hörer fester ans Ohr.

»Ich finde, Geld ist unwichtig«, meint Coco. »Man sollte es abschaffen und nur noch mit Freundlichkeit zahlen.«

»Wie soll das denn gehen?« Ich stelle mir vor, wie ich meine

Pausenmilch mit einem Lächeln bezahle. Das wäre eigentlich super, denn diese Währung geht so schnell nicht aus. Mit Münzen ist das was ganz anderes.

»Ganz einfach. Bei uns im Zirkus hat Hubertus, der Kraftmensch, Fräulein Zimtschnecke, die Hochseilartistin, für ihren köstlichen Kuchen damit bezahlt, dass er ihr schwere Getränkekisten schleppte. Oder er hat ihren Wasserhahn repariert, ich weiß nicht mehr so genau.« Coco schweigt, die Leitung rauscht und ich lausche angestrengt in den Hörer.

»Aber was ist, wenn jemand die Freundlichkeit ausnutzt und, sagen wir mal, viel zu viel Dienstleistung für einen Kuchen fordert?«, überlege ich.

»In so einem Fall kann man jemandem auch mal einen freundlichen Hau auf den Hinterkopf geben. Denn das erhöht das Denkvermögen«, schlägt Coco vor. »Dann sollte der Gerechtigkeitssinn wieder funktionieren und man hat eine gute Tat getan, indem man den Welt-Intelligenz-Quotienten gesteigert hat.« Coco lacht.

»Das gefällt mir.« Ich zwirble eine gelöste Haarsträhne und male mir aus, wie ich Mira auf ihre Ungerechtigkeiten hinweise. Mit einer gezielten Watsche auf den hübsch frisierten Hinterkopf. Schade, dass ich mich das nie trauen werde.

Ein seltsames Pfeifen ertönt aus dem Hörer. Es hört sich ein bisschen an wie die Melodie von Helene Fischers *Atemlos durch die Nacht*, nur viel schiefer.

»Wusstest du, dass die Menschheit im Schnitt immer dümmer wird?«, fragt Coco nachdenklich. Dann zischt sie etwas am Hörer vorbei und das Pfeifen verstummt. Aber nur, um noch lauter wieder zu beginnen.

»Ach ja?« Ob ich der Vorreiter fürs Dümmerwerden bin? Ich hab ja ständig das Gefühl, so schlau zu sein wie ein Toastbrot. Mein Gedächtnis ist wie ein Sieb, bei dem alles Wichtige durchrutscht. Und ich bin allergisch gegen Zahlen und Logik. Mama sagt, ich habe einen guten Intelligenzquotienten. Der wurde mal getestet, als man feststellte, dass ich ADS habe. Das Aufmerksamkeitsdings-Problem. Der Arzt tat so, als wäre ich krank, und schenkte mir einen Lolli. Doch ich fühl mich nicht krank, nur chronisch abgelenkt.

»Kackfrosch, halt den Schnabel!«, motzt Coco unvermittelt.

»Was?«, frage ich irritiert.

»Nicht du«, sagt Coco und lacht. »Mein Haustier ist das unerzogenste Monster, das ich kenne.«

»Du hast ein Monster als Haustier?« Meine Augen werden ganz groß.

»Aber natürlich. Nicht nur eins. Die haben oft kein Zuhause, musst du wissen, und ich nehme sie dann gerne bei mir auf. Besonders, wenn sie unter meinem Bett leben möchten. Aber Kackfrosch bevorzugt das oberste Regal in meinem Reich.«

»Wie sieht es aus?«, will ich wissen und werde ganz aufgeregt. Monster können schließlich die unmöglichsten Erscheinungsformen haben.

»Grün, zumeist.«

»Hat es Schuppen?« Ich stelle mir etwas Dinosauriermäßiges vor, mit spitzen Zähnen.

»Lass mich nachgucken. Nee, heute nicht«, antwortet Coco ganz entspannt.

»Wahnsinn. Sieht es denn immer anders aus?« Vielleicht ist es wie ein Chamäleon? Das verändert seine Farben und passt sich der Umgebung an.

»Kommt drauf an, was ich ihm anziehe.« Ich blinzle, sehe auf einmal einen Dino in Anzug mit Hut und Krawatte vor mir.

»Schräg«, stoße ich aus.

»Das kannst du wohl sagen.« Coco lacht, aber es endet in einem erschrockenen Laut. »Oje, ich muss auflegen«, zischt sie in den Hörer.

»Nein, warum?« Ich bin noch nicht bereit, das Gespräch zu beenden. Ich habe so viele Fragen.

»Eins meiner Monster kommt gerade um die Ecke. Und was soll ich sagen, es hat schlechte Laune.«

Ich höre die Stimme einer Frau. Einer älteren Dame, die keifend Cocos Namen ruft, und dann ist die Leitung tot. Einfach so.

Seltsam …

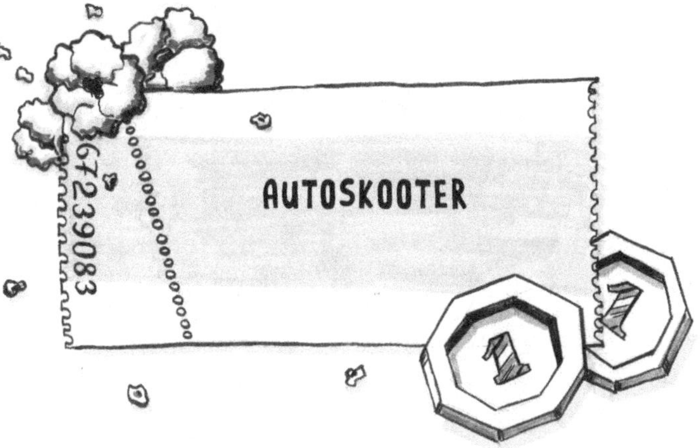

Mama und Papa haben heute Hochzeitstag und gehen beim Italiener essen. Ohne mich. Jetzt bin ich ganz alleine zu Hause, liege in meinem Bett und stelle mir Monster mit Halsband und Leine vor. Wie mega wäre das denn, wenn ich mein eigenes hätte, mit dem ich spazieren gehen könnte und das auf mich aufpasst.

»Oh, hallo, Mira. Darf ich dir meinen Mädchenfressersaurus Rex vorstellen«, würde ich dann sagen. »Er heißt Kurt und liebt Zicken mit rot lackierten Fingernägeln und gut frisierten blonden Locken.« Yayh! Das wäre ein Spaß!

Ich blinzle in das Halbdunkel meines Zimmers. Ich habe das Gefühl, die Schatten hier drinnen beginnen zu wachsen. Das tun sie oft und dann bekomme ich dieses beklemmende Gefühl in meinem Magen. Wenn das Haus dann noch komische Geräusche macht, wird es immer schlimmer. Ich schlucke schwer. Eigentlich hasse ich es, alleine zu Hause zu sein. Aber Mama sagt, ich bin schon groß, auch wenn ich nur einen Meter zweiundfünfzig messe. Ich seufze.

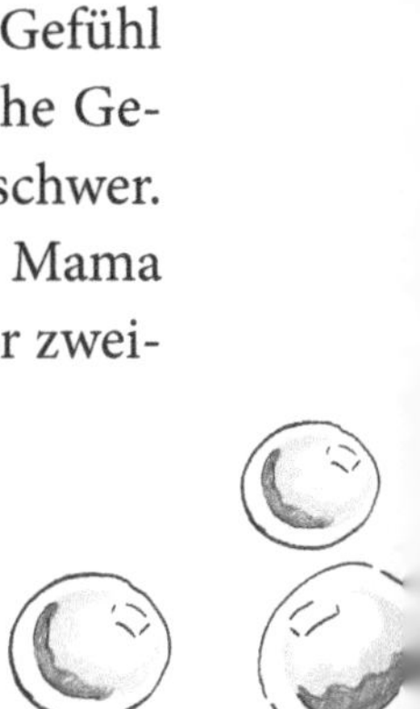

Natürlich weiß ich, dass es nur der Wind ist, der um die Hausecke streicht und dieses Zischen zustande bringt. Und die Heizung sorgt für das Glucksen, das aus den Leitungen tönt. Und diese Schritte, die aus dem Flur kommen, die verursacht natürlich … ja, wer oder was macht eigentlich dieses schlurfende Geräusch, das von unten heraufdringt? Mein Herz schlägt hart gegen die Bettdecke und ich ziehe sie bis zur Nase.

Dann höre ich ein Flüstern. »Verdammte Hummelkacke!«, zischt jemand und ich richte mich schlagartig auf. Einbrecher! Ich sollte sofort die Polizei rufen! Oder mich verstecken, bis er wieder weg ist und alles, was uns lieb und teuer ist, mitgenommen hat! Oje!

»Autsch!«, stöhnt jemand und etwas fällt zu Boden. Ein Küchenstuhl vielleicht. Das ist aber ein ungeschickter Einbrecher, denke ich bei mir, und halte die Luft an. Angespannt steige ich aus dem Bett und tapse auf leisen Sohlen durch mein Zimmer. Etwas Hartes pikst mir in die Ferse. Ich hätte mal wieder aufräumen sollen. Dann würde ich jetzt keinen Hindernis-Parcours überwinden müssen. Ich pule die Glasperle von meiner Fußsohle.

Vorsichtig steige ich über meinen Kleiderhaufen und umrunde meine Puppen, die wild durcheinanderliegen, und weiche einem Turnschuh aus. Ich öffne die Zimmertür etwas, der Zettel, den ich auf das Holz geklebt habe, fällt mir ins Auge. *Plakat nicht vergessen*, steht darauf und mir wird gleichzeitig heiß und kalt. *Das ist noch nicht fertig!*

Aber das ist jetzt egal, wenn wirklich Einbrecher im Haus sein sollten. Im Flur angekommen, spähe ich im Halbdunkel die Treppe hinab. Niemand ist zu sehen. Hab ich mich getäuscht?

»Hummeldumm«, zischt erneut eine Stimme, die ich kenne, und ich nehme meinen ganzen Mut zusammen und schleiche hinunter. Die achte Stufe knarrt viel zu laut und ich verfluche sie. Ganz leise natürlich.

Kann es wirklich sein? Ist es möglich, dass mein Hirngespenst aus der fremden Welt gerade auf dem Weg in Papas Hobbyraum ist? Eine kleine mädchenhafte Silhouette bewegt sich langsam vorwärts. Ich folge den leisen Flüchen, die sie ausstößt, und taste nach dem Lichtschalter.

»Mist, rotzendoof, Kackkram.«

Ich finde ihn und drücke.

»So ein Bananenbieger. Wo hat der den versteckt?«

Das Licht flammt auf … und ein Mädchen mit braunen Locken und Brille glotzt mir überrascht entgegen.

»Hoppla!«, sagt sie und blinzelt.

Hoppla trifft es nicht ganz, denke ich. Mein Mund wird furchtbar trocken und ich betrachte den Einbrecher. Das Mädchen ist so echt wie ich, nur vollkommen anders, als ich mir eine Coco vorgestellt habe. Keine bunten Haare und vollkommen unspektakuläre Klamotten: Eine dunkelblaue Jeans mit Löchern, ein schwarzer Pulli und ein Cap mit der Aufschrift *Einstein*, unter dem widerspenstige Locken hervorquellen.

»Kann es sein, dass deine Eltern dich vergessen haben?«, fragt sie mich und verzieht ihren Mund zu einem Strich. »Ich dachte nämlich, du wärst ein sehr behütetes Kind. So eins lässt man nachts doch nicht alleine«, überlegt sie und rückt sich ihre Brille zurecht.

»Na ja, sieht nicht so aus«, bringe ich lahm hervor. »Ich schätze, sie hatten Sorge, dass ich im Restaurant einschlafe«, überlege ich. Denn das war mir schon oft passiert. Ich bin immer dann müde, wenn es keinem passt.

»Das wird es sein. Deshalb der Spitzname Pennratte, nicht wahr?«, vermutet mein Hirngespenst, das wahrhaftig vor mir steht und jetzt laut lacht. Sie klopft sich amüsiert auf die dünnen Oberschenkel und mir ist gar nicht nach Lachen zumute. Ich schaue traurig auf meine Fußspitzen und könnte heulen.

»Sei nicht traurig. Dann bist du halt oft schläfrig. Es kommt vor, dass man beim Menschen Faultiere mit einkreuzt«, plappert sie weiter. »Mach dir nichts draus, das bedeutet, du bist besonders«, meint sie und ich spüre einen Kloß im Hals. »Bei mir hat man 'nen Maulwurf mit eingekreuzt und ich flenne auch nicht rum.« Sie schiebt sich ihre Brille mit dem Mittelfinger auf die Nasenwurzel. »Ich kann ohne das Ding nichts sehen, gar nichts. Das ist doof, weil so kann man nie Flugzeuge fliegen. Dabei wollte ich Kunstfliegerin werden, wenn ich groß bin.«

»Ich bin nicht deshalb traurig«, gestehe ich und schluchze.

»Weshalb denn dann?« Cocos Augenbrauen ziehen sich in die Höhe.

»Na, du bist echt«, wird mir klar und all meine Träume von Magie und Gespenstern platzen wie Seifenblasen.

»Wäre es dir lieber, wenn nicht?« Coco hebt hilflos die Arme und als die erste Träne meine Wange hinunterrollt, wird sie ganz nervös. »Komm schon«, murrt sie. »Es ist doch möglich, dass du das alles nur träumst …« Sie macht einen Schritt auf mich zu und schaut mir tief in die Augen. »Dies ist nur ein Traum, du schläfst und kannst dich morgen an nichts erinnern.« Ihre Stimme ist tief und konzentriert.

Ich schniefe in den Ärmel meines Schlafanzuges. »Lass den Quatsch. Du hast mich angelogen«, stelle ich fest.

»Na ja, so weit würde ich jetzt nicht gehen«, antwortet sie pikiert und verschränkt die Arme vor der Brust. »Lügen haben nämlich kurze Beine und meine sind ganz normal.«

»Sag mir lieber, was du hier machst«, fordere ich kleinlauter, als mir lieb ist. Ich möchte so gerne mal so richtig auf den Tisch hauen. Jetzt wäre eine gute Gelegenheit dazu.

»Na, wonach sieht es denn aus?«, fragt Coco zurück und zuckt mit den Schultern. Sie trägt einen winzigen Rucksack auf dem Rücken und an ihrem kleinen Finger einen silbernen Ring mit einem Drachenkopf.

»Nach Einbruch sieht das aus.«

»Gut kombiniert.« Sie kratzt sich am Kopf.

»Das ist illegal«, erinnere ich sie an das Strafgesetzbuch und fühle mich vollkommen überfordert. Ich sollte meine Eltern anrufen, also warum tu ich es nicht?

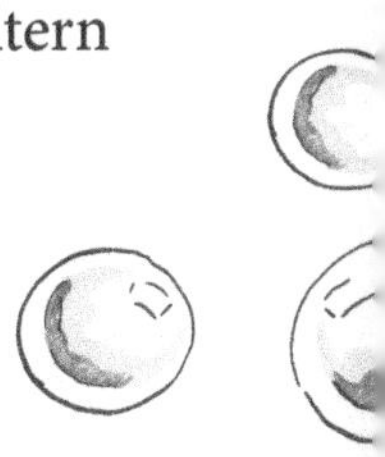

Ich erwarte von dir, dass du das Richtige tust, Penelope, sagt Papa gerne. Aber woher weiß man mit Sicherheit, was falsch oder richtig ist?

»Nicht, wenn man einen guten Grund hat, irgendwo heimlich zu Besuch zu erscheinen«, antwortet Coco und stemmt die Hände in ihre dürre Taille. »Otto, der Elefant, hatte einst sein Kuschelkissen bei der Giraffe Tiffy vergessen, ohne das er nicht schlafen kann. Tiffy aber hatte in der Oper einen Gastauftritt. Sie war die beste Sopranistin der ganzen Stadt, musst du wissen, also konnte niemand Otto die Tür öffnen. Natürlich hätte Tiffy niemals gewollt, dass Otto weint …«

»Ja, das kann ich verstehen«, erwidere ich.

»Genau, und deshalb war Tiffy nicht sauer, dass Otto einfach durchs Fenster rein ist, um sein Kissen zu holen.«

»Und was ist dein Grund, bei uns einzubrechen?«, hake ich nach. Hoffentlich hat sie einen verdammt guten Grund. In Gedanken zähle ich die Schritte, die ich bis zum Telefon brauche, um meine Eltern anzurufen. »Ich schätze, es geht nicht um ein verlorenes Kissen?«

»Hilf mir mal«, fordert Coco, anstatt zu antworten. Sie sucht den Raum ab und ihre Augen finden, was sie suchen. Zielsicher läuft sie auf den alten Autoskooter von meinem Papa zu und schwingt sich wie ein Äffchen auf den Sitz. Mit nur einem Satz.

»Hey, der gehört dir nicht«, protestiere ich halbherzig und schaue dabei zu, wie das Mädchen einen Schraubenzieher aus der Tasche zaubert. Mit einigen schnellen Bewegungen löst sie eine Abdeckung des Armaturenbretts.

»Mach den nicht kaputt!«, schreie ich und schlage die Hände erschrocken vor den Mund. Wenn Papa das sieht …

»Hah! Wusste ich es doch, dass der Schatz hier zu finden ist«, zwitschert Coco.

»Einen Schatz?« Ich hab Bienen im Bauch und meine Hände schwitzen. Ich wollte schon immer mal einen Schatz finden!

»Und ob. Und wenn du mal nicht brav bist, dann teile ich mit dir«, sagt Coco und grinst frech.

Ich runzle die Stirn. Normalerweise bekomme ich zu hören, wenn du brav bist, dann bekommst du ein Eis, einen Lolli, den heißersehnten Kinobesuch.

»Wenn ich *nicht* brav bin?«, hake ich sicherheitshalber noch mal nach und Coco klopft neben sich auf den freien Platz. Ich klettere zu ihr in das hübsche Auto und sie verschraubt die Abdeckung des Armaturenbretts neu. Es sieht aus wie vorher.

»Korrekt. Wenn du brav bist, verpetzt du mich. Wenn nicht, dann …« Sie hält mir ein Dutzend Jahrmarktchips entgegen und lässt sie in ihren Fingern klimpern. Mir fällt auf, dass ihre Nägel dunkelblau lackiert sind. Sehr hübsch, mal etwas anderes als rot und rosa, »… dann können wir zusammen auf den Rummel gehen und es so richtig krachen lassen. Das hier ist ein Vermögen in Rummelwährung. Wir können so viel Karussell fahren, bis wir kotzen. Ist das nicht toll?« Coco strahlt mich an und ihr Lächeln ist ansteckend.

»Na gut, aber du musst mir noch einiges erklären«, versuche ich mich zu konzentrieren. Die Fragen rufen in meinem Hirn alle wild durcheinander und lassen sich nur schwer sortieren. Wo kommt sie denn nun wirklich her? Kann sie jetzt zaubern oder nicht?

»Was willst du wissen?«, fragt sie mich und ich stammle: »W… wie bist du hier reingezaubert?« Das wäre wichtig, denn diese Sicherheitslücke sollte geschlossen werden. Nur für den Fall, dass ein nicht so netter Einbrecher mal vorbeischauen will.

»Ich kann doch nicht meinen größten Zaubertrick verraten«, meint Coco und ich verenge die Augen.

Ich will, dass sie es ausspuckt, traue mich aber wie immer nicht, energischer zu werden. Oder einfach mal zu schimpfen. Coco spürt mein Unbehagen und hat ein Nachsehen.

»Na gut. Weil du es bist«, sagt sie und seufzt. »In eurem Abstellraum ist doch diese hübsche Klappe in der Tür.«

»Die alte Hundetür?«, staune ich. Mama und Papa hatten vor meiner Zeit einen Hund, der so nach draußen konnte, wann immer er wollte. »Die ist winzig.«

»Ich kann mich schrumpfen, das passt schon.« Coco grinst breit und ich erkenne durch ihre dicken Brillengläser, dass sie grüne Augen hat. So funkelnd wie Smaragde.

»Kannst du doch zaubern?«, wünsche ich mir und greife nach ihrer Hand.

»Manchmal«, antwortet Coco.

»Und hast du wirklich Monster als Haustiere?«

»Natürlich. Wenn du willst, stelle ich sie dir vor, wenn du mich besuchen kommst.«

»Das würdest du tun?« Ich bin so aufgeregt, ich könnte platzen.

»Klar, aber nur, wenn du meine Finger heile lässt«, sagt Coco und ich lasse sie schnell wieder los.

»Oh, natürlich.«

»Meine Hände sind nämlich mein bestes Kapital, musst du wissen.« Sie wackelt mit ihnen vor meiner Nase.

»Ach ja?« Meine Augen werden größer.

»Ja, was glaubst du, womit ich die Telefonzelle repariert habe?«, fragt sie. »Ich bin so schlau, weil ich Schrott zu wunderbaren Sachen verbasteln kann.«

»Deshalb die Aufschrift *Einstein* auf der Cap?«, vermute ich und ziehe die Mütze von ihrem Kopf. Ihre Locken ergießen sich über ihre Schultern, so lang sind sie.

»Aber nein. Den kannte ich doch gar nicht, der ist schon lange tot«, klärt sie mich auf und nimmt das Lenkrad des Skooters in die Hände.

»Das weiß ich, aber er war ein Genie. Er hat die Lichtgeschwindigkeit errechnet.«

»Aber reisen konnte er nicht damit, das hab *ich* möglich gemacht«, behauptet Coco und macht Motorengeräusche.

»Jetzt veräppelst du mich aber wirklich«, stoße ich aus. »Nur im Fernsehen gibt es so was.« Dann fällt mir etwas ein: »Wo gehst du denn eigentlich zur Schule?«

»Ich habe ganz spezialgelagerten Sonderunterricht«, gibt Coco wenig erfreut zu und rümpft ihre Stupsnase.

»Erzähl mir mehr darüber«, sage ich und hänge an ihren Lippen. Was meint sie wohl damit?

»Du kennst doch Hogwarts?« Coco weicht meinem Blick aus.

»Die Zauberschule, in die Harry Potter geht?« Mein Mund bleibt offen stehen.

»Ja, genau die, auf die gehe ich nicht.«

»Oh, wie schade.«

»Ich bin mir nicht sicher, ob das so schlecht ist, denn wenn man von den Gefahren dort ausgeht, bin ich mit absoluter Sicherheit besser dran, wenn ich nicht hingehe.« Coco stößt hart die Luft aus und rüttelt am Lenkrad des Skooters.

»Stimmt.« Meines Wissens mussten sich Harry und seine Freunde mit vielen Unannehmlichkeiten herumschlagen, wie Drachen und bösen Zauberern.

»Weißt du, wir sollten über etwas Schöneres reden als Schule. Was meinst du?«, schlägt Coco vor und macht laute Fahrgeräusche, die beinahe meine Gedanken übertönen.

»Ich wünschte, wir könnten damit einfach losfahren«, überlege ich und stelle mir vor, wie wir davonbrausen. Durch die Nacht fahren und sogar hinauf zu den Sternen.

»Wenn es weiter nichts ist«, sagt Coco allen Ernstes. »Zu Hause habe ich noch mehr von den Skootern rumstehen, die können auch fahren. Komm doch einfach mal vorbei«, schlägt Coco erneut vor.

»Wo wohnst du denn?«, frage ich und hoffe, dass es leicht zu erreichen ist. Jetzt wäre es mir doch lieb, wenn ich nicht durch ein Portal reisen müsste.

»Na, auf dem Schrottplatz, du Dummerchen. Bei Onkel Bruno, bis Papa wieder eine Wohnung hat. Dann darf ich an den Wochenenden auch bei ihm leben«, erzählt Coco und sie sieht mit einem Mal etwas traurig aus. »Mein Papa hat diese Chips für mich versteckt, musst du wissen. Und mein Onkel hat den Wagen verkauft, bevor ich ihn untersuchen konnte.«

»Wieso versteckt er die denn?« Das ist doch doof?

»Das ist ein Spiel zwischen uns«, erklärt Coco. »Und ich war nicht schnell genug.«

»Das ist ja übel«, überlege ich und weiß nicht so genau, was ich meine. Die Tatsache, dass Coco nicht bei ihren Eltern wohnt, oder dass sie die Chips nicht finden konnte.

»Was ist mit deiner Mutter?«

»Die ist im Himmel, schüttelt mit Frau Holle die Kissen aus«, antwortet sie leichthin.

Mein Lächeln verrutscht. »Meine Oma ist auch da.«

»Ach, echt?« Sie lächelt und ihre grünen Augen funkeln. »Vielleicht treffen die sich ja auf einen Tee. Ist echt schön da.«

»Woher willst du das denn wissen?« Niemand kam je aus dem Himmel zurück, um von dort zu berichten.

»Na, die Geister erzählen es doch ständig.« Coco legt den Kopf schief. »Sag bloß, du hörst ihnen nicht richtig zu, wenn sie kommen.«

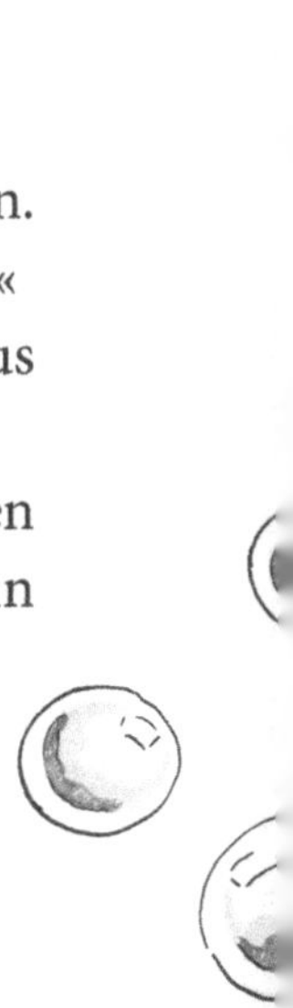

Ich will sagen, dass es Geister laut Papa nicht gibt, entscheide aber, mir erst mal Cocos Monster anzusehen. Und überhaupt ihren ganzen irren Geschichten auf den Grund zu gehen. Wer weiß, was ich Papa und Mama dann noch so glauben kann …

Wir unterhalten uns über ganz schön viele verrückte Dinge. Und ich bin mehr als überrascht, als das Mädchen vom Schrottplatz mir ganz uneigennützig hilft, mein Plakat für die Schule fertigzustellen. Wir basteln und kleben im Wohnzimmer, bis es echt spät ist und ich beinahe mit dem Gesicht in der Tusche einschlafe.

»Hey, Pebbels«, höre ich sie noch sagen, während sie mir die Wolldecke über die Schultern legt. »Es ist Zeit, ich muss die Monster zurechtstutzen.«

»Du musst was?«, frage ich und gähne.

»Die Monster machen nur Mist, wenn es dunkel ist. Ich sehe nach dem Rechten und wir telefonieren morgen nach der Schule«, schlägt sie vor und löst sich in Luft auf.

Na ja, gut, das stimmt nicht. Sie benutzt die Haustür und geht, wo auch immer sie hingeht. Ich bin einfach zu müde, um noch weiter darüber nachzudenken und schlafe ein.

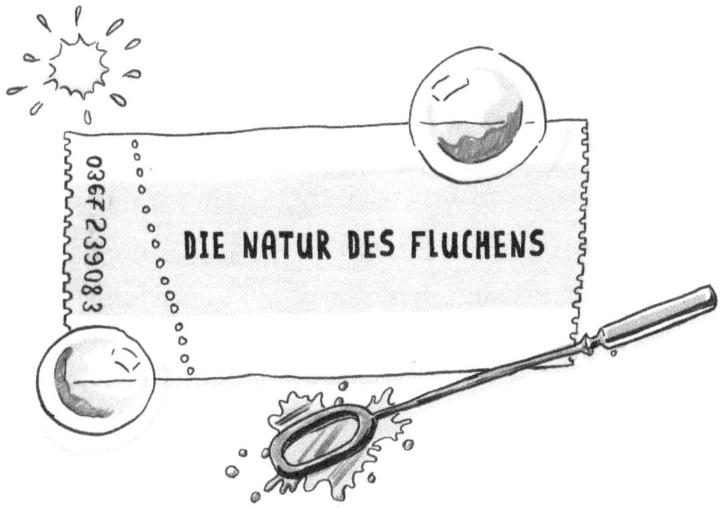

DIE NATUR DES FLUCHENS

Papa hat mich ins Bett getragen. So viel weiß ich noch.

Mama hat gemeint, ich solle mir lieber noch das Gesicht waschen, aber ich war definitiv zu müde dafür.

Jetzt stehe ich morgens in meinem Zimmer, zerre mir in Windeseile mein Sommerkleid mit dem Kakteenprint über den Kopf und flechte mir meine Haare zu zwei Zöpfen. Die Sonne scheint durchs Fenster und ihre Strahlen brechen sich in den bunten Glassteinen meines Mobiles. Dabei fällt mir ein, dass ich es kaum erwarten kann, Coco auf dem Schrottplatz zu besuchen. Wie super! Dann kann ich endlich legal Glassteine zum Verbasteln klauen.

Ich laufe zum Schrank und überfliege die Klebezettel mit Notizen an mich. Vor einigen Monaten habe ich mir angewöhnt, mir Mitteilungen zu schreiben, damit ich nicht so viel vergesse. Die gute Nachricht, es klappt zu achtzig Prozent. Die schlechte, es pinnen überall so viele Zettel, dass es dauert, bis ich alle durchgelesen habe. Manchmal bin ich allein deshalb spät dran.

Geld für die Klassenkasse mitnehmen. Check. Hab ich eingesteckt.

Geodreieck für Mathe. Check, befindet sich in der Tasche.

Plakat! Check, erledigt. Ich rolle es zusammen und stecke es zum Schutz in eine Papprolle.

»Pebbels!«, ruft es von unten und ich laufe los. Dabei fliege ich prompt über meinen Turnbeutel und lande auf allen vieren. Erinnerung an mich: Ich muss unbedingt aufräumen!

»Süße, wenn ich dich mitnehmen soll, dann jetzt.« Papa hat es wie immer eilig und ich rapple mich auf. Mama ist schon los zur Arbeit und hat Brote vorbereitet. Ich schnappe mir eines im Hinausgehen und stehe plötzlich ohne Schuhe vor dem Haus.

»Pebbels?«, meint Papa und bleibt stehen. Ich bewundere einen Moment zu lange seinen Coffee-to-go-Becher mit Einhornprint.

»Ja?«, frage ich zurück.

»Du brauchst Schuhe«, erinnert er mich und schließt die Haustür wieder auf.

»Richtig.« In Nix komma Null hab ich sie an den Füßen und es geht los. Wenige Minuten später steige ich aus seinem schwarzen Lieferwagen, der mich irgendwie immer ein bisschen an Gangsterfilme erinnert, und schaue mich vorsichtig um.

»Hab einen schönen Tag, mein Baby«, sagt Papa und wirft mir einen Handkuss zu. Ohne darüber nachzudenken erwidere ich diese Geste und nehme bald darauf Gelächter wahr. Papa fährt los und ich balanciere die Papprolle mit dem Plakat vor mir her.

»Hey, Pebbels. Küsschen, Küsschen«, höre ich Paul, der plötzlich neben mir auftaucht. Er macht Knutschgeräusche. Seine kurzen Haare stehen ihm gegelt zu Berge. »Bist du Papas Liebling?«

Maris ist auch dabei und ich kann spüren, wie mir das Blut in den Kopf schießt.

Plötzlich versperrt Paul mir den Weg. Sein dickes Gesicht kommt mir viel zu nahe und als er mit seinem Finger über meine Wange streicht, möchte ich diesen gerne abbeißen. Ich frage mich, ob wir Menschen ähnlich viel Kraft im Kiefer haben wie Hunde.

Ich lächle. »Lass das bitte«, fordere ich höflich.

»Was'n das? Hast du dir Schminke von deiner Mama geklaut?«, fragt er und grinst blöd.

»Nein, hab ich nicht.« Ich will ihm ausweichen, aber er lässt mich nicht. Unruhe macht sich in mir breit. Eine Gruppe Mädchen geht an uns vorbei, sie schwatzen ausgelassen und ich möchte mich ihnen anschließen. Sie sehen fröhlich aus.

Ich starre zu Boden und habe jetzt eine Ahnung, was ich heute Morgen so alles vergessen habe. Ich war gar nicht im Bad gewesen. Verdammte K… Ich möchte jetzt mal so richtig losfluchen, wie Coco. Ich bin tatsächlich ohne Zähne zu putzen und mein Gesicht von Farbresten zu befreien, in die Schule gegangen. Das ist eindeutig der Nachteil, wenn Mama Frühschicht hat. Papa ist anscheinend blind für das Offensichtliche. Ich sollte ihm einen Optiker empfehlen.

»Sieht ja echt witzig aus«, meint Maris und überholt mich.

Die Flüche stecken in meinem Hals, drohen mich zu ersticken.

»Ich finde, es sieht scheiße aus, Alter«, meint Paul und lässt mich jetzt vorbei. »So ein Opfer.«

»Lass sie doch. Ihr muss es ja gefallen«, antwortet Maris und schaut mitleidig zu mir. Jetzt fällt mir die blöde Papprolle auch noch runter und ich gerate ins Stolpern. Andere Schüler strömen herbei, drängen zum Haupteingang. Nur mit Müh und Not erwische ich mein Tischgruppenprojekt und bringe es vor den ganzen Füßen in Sicherheit.

»Mist«, knurre ich und mir gehen schlimmere Wörter durch den Kopf. An denen ich mich aber verschlucke, als Mira, Henriette und Klara auf einmal neben mir auftauchen.

»Oh, da bist du ja«, begrüßt mich Mira. »Ist das unser Plakat?« Schwups, hat sie es meinen Fingern entwendet. »Cool, das inspiziere ich gleich mal«, meint sie und übergibt es an Klara.

»War echt lustig gestern im Freibad«, erzählt sie mir. »Du solltest ruhig öfter mitkommen. Sonst denken die anderen noch, du gehst ihnen aus dem Weg. Oder bist du dir zu fein für uns?«

Ich schnappe nach Luft. Doch ehe ich etwas dazu sagen kann, wendet sie sich wieder ihrem Hofstaat zu.

»Klara, Henriette, schaut, dort drüben ist Maris. Wollen wir rübergehen?« Ihr Lächeln wirkt unecht, als sie voranschreitet.

»Übrigens, über dein Make-up reden wir noch. Das ist auf jeden Fall verbesserungswürdig«, wirft sie mir über die Schulter zu und ich könnte kotzen vor Glück. Ich renne auf das Klo und bekomme so richtig Bauchschmerzen von der Wut, die in mir brodelt.

Später, als ich in den Spiegel gucke, wasche ich mir die blaue, grüne und lila Farbe von der Wange. Ich muss mit dem halben Gesicht auf dem Plakat eingeschlafen sein. Das würde auch den nassen Fleck unten rechts auf dem Papier erklären. Bestimmt habe ich gesabbert.

Für die Gruppenarbeit, die keine ist, bekommt unser Tisch die Note 2 mit Sternchen. Mira ist sichtlich entzückt und schenkt mir sogar einen Kaugummi. Ich bin mir sicher, ich muss ganz dringend an meinem Geschäftssinn arbeiten.

Mittags sieht es nach Regen aus. Dicke Wolken türmen sich unheilvoll am Himmel und ich bekomme die ersten Tropfen ab, als ich gerade die Tür zur Telefonzelle aufziehe.

Diesmal muss ich nicht lange warten und es klingelt. Gerade als ich abnehme, prasselt wie auf Kommando zeitgleich der Regen los.

»Hallo?«

»Selber hallo«, antwortet Coco fröhlich. »Wie war deine Nacht?«

»Bunt«, gebe ich zu und denke an das gemeinsame Malen mit

Coco. Sie hat mir gezeigt, wie man Effekte zaubert, indem man Murmeln mit Farbe bemalt und über das Papier rollen lässt. Mama war nicht so erfreut über diese Technik gewesen, weil die Murmeln durch das halbe Zimmer gekullert sind und dabei Spuren hinterlassen haben. Aber was solls. War trotzdem cool.

»Und? Hast du dich entschieden, ob du brav bleiben willst? Hast du schon gepetzt?«, fragt Coco plötzlich und ich höre, wie sie den Atem anhält.

»Natürlich nicht«, beeile ich mich zu sagen und ein Donnergrollen rollt über den Schrottplatz hinweg.

»Sehr schön. Willkommen auf der dunklen Seite der Macht.« Coco imitiert Darth Vader aus *Star Wars*. Den Film hatte ich verbotenerweise bei meinem Cousin Niko gesehen und noch heute träume ich von Lichtschwertern und ziemlich hässlichen Wesen namens Jabba the Hutt.

»Und wie ist dein Plakat angekommen?«, will Coco wissen und ich mache eine lange Pause. Der Ärger über Mira und über mich selbst, weil ich mich ausnutzen lasse, ist immer noch da. Es brennt wie Feuer unter der Haut und lässt mich nicht zur Ruhe kommen.

»Gut, wir haben eine Zwei«, antworte ich dann.

»Nur eine Zwei? Ist das dein Ernst? Das ist mindestens eine einhundertsechzehn wert, wobei einhundertsiebzehn das beste ist, was es im Universum gibt«, plappert Coco empört.

»Meinst du?«, frage ich nachdenklich und bin immer noch mit Mira beschäftigt.

»Weißt du, dass du echt gut bist im Zeichnen?«, fragt Coco mich. »Du musst wissen, wenn man ein Talent hat, ist man beim Zirkus immer willkommen.«

Ich soll Talent haben? Meint die das jetzt ernst? Das wäre das erste Mal in meinem Leben, dass ich etwas besonders gut kann. »Aber da hätte ich zu große Angst davor. Ich hab vor vielem Schiss«, und gebe damit zu, dass ich mich oft fürchte.

»Ach ja, wann war das letzte Mal?«, will Coco wissen. »Ich hoffe, das war nicht gestern Nacht.« Sie klingt beunruhigt.

»Nein, heute Morgen, als mich meine Mitschüler geärgert haben, weil ich Farbe im Gesicht hatte.« Ich erzähle Coco alles, das ganze Dilemma mit Paul und Maris. Und wie es sich tatsächlich mit dem Plakat und Mira verhält.

»Weißt du, was Karma ist?«, fragt sie mich nach einer Weile und ich zucke die Achseln. Ich habe keinen blassen Schimmer.

»Das ist die Gerechtigkeit des Universums und die trifft jeden. Das bedeutet, wenn ich ungerecht bin und meinem Monster einen Keks stehle, dann werde ich später einmal von einem ganzen Sack voller Kekse, der aus dem achtundvierzigsten Stock eines Hochhauses fällt, erschlagen, verstehst du?«

»Ähm.« Ich überlege noch, ob das möglich ist.

»Man sagt, dass durch Missetaten ein Ungleichgewicht entsteht, das wieder in Balance gebracht wird. Das ist aus dem Buddadistischen«, klugscheißt Coco. »Du weißt schon, der dicke Junge, der sich eine der Weltreligionen ausgedacht hat und sich immer den Kopf rasiert.«

»Kenne ich nicht«, gebe ich zu. »Aber das hört sich interessant an«, überlege ich. Ob es Sinn macht, die Religion zu tauschen? Kann man die einfach abgeben, wie ein Buch, das einen langweilt?

»Das macht nichts. Ich kann den ja mal einladen«, meint Coco und lacht glockenklar auf.

Ich muss auch lächeln und dann kneift mein Bauch wieder. Dabei unterdrücke ich einen Schmerzenslaut und Coco horcht auf.

»Hey, Pebbels. Ich spüre da komische Schwingungen. Du hast doch was. Ist es noch wegen gestern?«

Ich kaue auf meiner Backe. »Nein, ich hab nur Bauchweh.«

Coco überlegt eine Weile. Es ist lange still am anderen Ende.

»Wenn Otto Bauchweh hat, bekommt der immer Kamillentee mit ein bisschen guten Wünschen, musst du wissen. Das wirkt Wunder.« Ich lehne mich an die Glaswand und schaue den Regentropfen dabei zu, wie sie hinabrinnen. »Aber vielleicht ärgerst du dich einfach nur zu viel«, vermutet Coco. »Vielleicht solltest du mal ein bisschen fluchen, dann geht es dir bestimmt sofort wieder besser«, schlägt Coco vor.

»Meinst du wirklich, das hilft?«

»Aber klaro. Das hilft in allen Lebenslagen. Das ist ja die Natur des Fluchens, wusstest du das nicht? Es ist heilsam.«

»Meine Tante Gudrun sagt aber, dann kommt man in die Hölle«, gebe ich zu bedenken, und habe noch mehr Lust, meine Religion im Fundbüro abzugeben.

»Hahahah!«, kommt aus dem schwarzen Hörer. »Der ist ja gut. Lange nicht mehr so einen genialen Witz gehört.«

Ich lache mit.

»In die Hölle kommt man deswegen auf gar keinen Fall, da muss man sich schon was Besseres einfallen lassen. Die nehmen da ja schließlich nicht jeden.« Coco macht eine Pause.

»Du musst lediglich damit rechnen, dass jemand den Wunsch hat, dir den Mund nach erfolgreichem Fluchen mit Seife auszuwaschen. Die Planschkuh von meinem Onkel zum Beispiel macht das gerne, weil Schimpfwörter schmutzig sind. Aber du kannst ja einfach aufpassen, wo du so fluchst«, schlägt sie vor und ich stelle mir Mamas Reaktion vor, wenn ich mal so richtig losschimpfen würde. Als Erstes würde sie die Nase rümpfen. Dann würde sie blass werden, und danach rot. Vielleicht auch abwechselnd. Sicher würde sie den Zeigefinger heben und damit herumfuchteln, bis er fast abfällt.

»Komm, wir probieren das mal«, meint Coco. »Denk mal an Mira und stelle dir die hübschesten schmutzigen Wörter vor, die du kennst und die du nicht kennst.«

Ich stutze. »Wie soll ich mir denn Worte vorstellen, die ich nicht kenne?«

»Na, du erfindest sie einfach, du Dummerchen.«

Wenn es weiter nichts ist? Ich bin bereit.

»Hol tief Luft und wettere los«, höre ich Coco mich anleiten. »Auf die Plätze, fertig, los.«

»Mira, du dumme Kuh!«, sage ich.

»Lauter!«, brüllt mir Coco entgegen.

»Mira, du Sumpfkuh mit Glotzaugen! Ziegenartige Gurke! Dauerdumme hohle Nuss!«, kreische ich in der kleinen Telefonzelle und der Donner des grauen Himmels stimmt mit ein.

»Richtig so! Und jetzt denk an Paul«, feuert Coco mich an.

»Paul, du hässlicher Mensch. Du Möchtegern … ähm …«

»Ja, Möchtegern ähm, was soll das sein? Denk weiter«, kräht Coco aufgeregt.

»Du gemeine Kröte!«, brülle ich mir den Frust von der Seele.

»Dämlicher Kackarsch mit zwei Augen!«, springt mir Coco bei und wir schimpfen um die Wette. Es macht so Spaß und tut richtig gut. Ein Blitz teilt die dunklen Wolken am Horizont und für einen Moment habe ich das Gefühl, wir sind für das Unwetter verantwortlich. Aber das ist mir gerade pupsegal.

»Und?«, fragt Coco nach einer Weile. »Schon besser?«

Ich horche in mich hinein. Der Knoten in meinem Bauch hat sich auf jeden Fall etwas gelöst.

»Ich glaube, es funktioniert«, hauche ich aufgeregt und balle meine freie Hand zur Faust.

»Super. Dann noch mal. Probier's mal mit Schnurzschnecke, Kackstelze und Bananenbieger!«, brüllt mir Coco durch den Telefonhörer ins Ohr.

»Ja, genau. Paul du Banane … was?«

Ein Tumult bricht auf der anderen Seite der Leitung los. Pebbels hört etwas rascheln, Coco quiekt und jemand hämmert an eine Tür.

»Kacke, eines meiner Monster kommt mit Seife um die Ecke. Ich muss schnell weg«, meint Coco gehetzt.

»Seife?« Meint sie zum Mundauswaschen? Ich frage mich, wie das wohl schmeckt. Wenn etwas nach Rosen duftet, schmeckt es dann auch so?

»Mein liebes Fräulein, nicht in diesem Ton in meinem Haus«, höre ich die Frau sagen, die ich schon einmal wahrgenommen habe. Ihre Stimme ist schrill, wie bei einer Kreissäge. Ich hab mal zugeguckt, als mein Onkel Holz mit so einem Ding zerkleinerte. Meine Ohren haben Tage später noch gepiepst von dem Lärm.

»Diesen Gossenjargon kannst du bei deinem Vater gebrauchen, aber nicht hier«, wettert sie weiter und ich höre Coco antworten.

»Tut mir außerordentlich leid, Tantchen. Ich hab vergessen, dass du kein Ausländisch verstehst. Ich werde mich in jedem Fall mit meinem Gassenjargon verbessern und dir außerdem ein Wörterbuch zu Weihnachten schenken. Dann kannst du auch noch was lernen. Man ist nie zu alt, um seinen Horizont zu erweitern.«

»Jetzt wirst du auch noch frech?«, fragt die Frau schrill.

»Aber nein. Das würde ich niemals wagen. Wo kommen wir denn da hin, wenn wir Fremdsprachen mit Frechheit vermischen. Das versteht doch keine Sau mehr …« Coco macht eine Pause. »Bis auf das Wunderschwein aus dem Zirkus, versteht sich.«

»Du, na warte …« Coco hängt den Hörer auf und die Stille, die sich dann in der Telefonzelle breit macht, nutze ich, um weiter zu fluchen, was das Zeug hält.

»Arschlöcheralarm!«

SCHROTTLIEBE

Am nächsten Tag ist Samstag und ich muss nicht in die Schule. Ich fühle mich richtig super und habe sogar mein Zimmer aufgeräumt. Na ja, zumindest ein bisschen. Den Rest hab ich dann einfach unter mein Bett geschoben, weil ich wirklich Besseres zu tun habe, als Puppen zu sortieren. Die meisten Mädchen aus meiner Klasse würden diese Dinger natürlich nicht mehr angucken und schon gar nicht zugeben, wenn sie noch welche hätten. Ich tu das ja auch nicht vor den anderen. Aber ich muss gestehen, dass ich es mag, mit ihnen zu sprechen, wenn sonst keiner zuhören will. Danach ziehe ich mein schönstes Kleid an und binde mir meine Haare zu einem losen Knoten auf dem Kopf zusammen. Heute ist der Tag! Ich will Coco treffen. Also spaziere ich nach dem Frühstück in Richtung Schrottplatz und wähle auf gut Glück die Nummer.

»Happy Weekend!«, kräht Coco mir prompt entgegen. »Hast du Lust, mit mir eine knifflige Schrottangelegenheit mit Balanceakt zu regeln?«

Ich überlege nicht lange. Was auch immer sie vorhat, ich bin dabei.

»Klar«, antworte ich also schnell und überprüfe mein Outfit in der Spiegelung der Glastür. Ich sehe heute echt gut aus!

»Super, bleib, wo du bist. Ich finde dich«, stößt Coco aus und legt auf. Noch während ich den Hörer in die Gabel hänge, höre ich ein lautes Knirschen und Knarren, als sich das eiserne Tor des Schrottplatzes öffnet. Ich habe es noch nie offen gesehen und mir bleibt fast die Spucke weg. Es ist seltsam, so freie Sicht auf das Gelände zu bekommen. Fast, als würden sich die Zugbrücken zu einem Königreich der besonderen Art öffnen. Ich drücke mir die Nase am Glas platt.

Plötzlich taucht wie aus dem Nichts Coco auf und erschreckt mich zu Tode, weil sie aus voller Kehle brüllt: »Argh, hab dich!« Sie klatscht mit den Händen an die Tür, dort, wo eben noch meine Nase war.

»Ah!«, schreie ich zurück und taumle etwas.

Sie zieht mit Schwung die Tür auf. »Bist du bereit für Schabernack?«, fragt sie mich und lässt ihre Hosenträger schnalzen. Sie sind schwarz mit kleinen Zitronen darauf. Und ihr silberner Drachenring auf ihrem Zeigefinger glitzert in der Sonne.

»Ich weiß nicht«, gebe ich zu und betrachte das funkelnde Ding. Wo sie den wohl herhat? Coco legt den Kopf schief, ihre Augen sprühen hinter ihrer Brille nur so vor Energie.

»Ich sehe schon, du bist unentschieden. Das kann ich kurieren«, meint sie und nimmt meine Hand. »Wusstest du, dass

Unentschiedenheit echten Krankheitswert hat? Es ist wie eine Seuche der Neuzeit und geht entschieden zu weit«, plaudert sie und zieht mich hinter sich her. »Da hilft nur, Augen zu und durch. Einfach mal was riskieren.«

»Ähm?«, frage ich und werde von ihr durch das große Tor in ihr Reich geführt. Ich linse zu dem Schotterberg mit Glassteinen hinüber und entdecke einen Rubinroten, den ich noch nicht habe.

Coco lacht. Sie folgt meinem Blick, hebt den Stein für mich auf und schenkt ihn mir. Dann geht sie weiter.

»Genau, du sagst es: *ähm*. Denn wenn man erwischt wird, sieht man das Tageslicht eine ganze Weile nicht wieder«, höre ich jetzt weiter Coco zu und werde das Gefühl nicht los, dass ich den Faden verloren habe.

»Wovon redest du?«, hake ich vorsichtig nach. »Willst du etwa eine Bank ausrauben?«

Wo zum Geier gerate ich hier gerade rein? Außerdem tauge ich nicht mal zum Schmierestehen.

»Ich mach doch nicht dieselben Fehler wie unser Zirkusaffe Francesco!«, protestiert Coco und ich stolpere über eine Eisenstange, die mitten im Weg liegt.

»Der hat eine Bank …?« Weiter komme ich nicht, weil Coco mich davor bewahren muss, in eine Grube zu fallen. Ich hab nicht auf den Weg geachtet und starre jetzt hinab auf die vielen spitzen Gegenstände, die mich hätten aufspießen können.

Oh Gott! Für wen haben sie denn diese Falle aufgestellt?

»Sag mal, ich dachte, *ich* wäre blind«, meint Coco und tippt sich an ihre Brille. »Was stimmt denn mit dir nicht? Du musst schon ein bisschen aufpassen, wo du hinläufst. Ein Schrottplatz ist kein Spielplatz«, meckert sie und zieht mich in eine andere Richtung. Ich stolpere neben ihr her und denke an den letzten Frühling, als ich geträumt hatte und vor ein Auto gelatscht war. Zum Glück konnte der Fahrer noch rechtzeitig bremsen. Sonst wäre ich jetzt bei Oma.

Links von uns türmen sich alte Autos zu Bergen und rechts stehen unendlich viele alte Fahrräder, sogar ein Einrad ist dabei.

»Wow, das ist ja mega. Ist das aus einem Zirkus?«, frage ich aufgeregt und möchte mehr von Cocos Geschichten hören. Der Banküberfall ist vorerst vergessen.

»Nein, das hat ein Schimpanse aus der Nachbarschaft hier vergessen. Eigentlich ist das Ding noch ganz in Ordnung, nur die Farbe blättert ein bisschen ab. Willst du es ausprobieren?«, fragt sie vergnügt und nimmt es vom Haufen. Dabei krachen drei andere laut zusammen, wie beim Mikadospielen, wenn man zu sehr gewackelt hat.

»Ist sogar noch genug Luft drin«, prüft sie fachmännisch den Reifen. »Und du weißt, wie wichtig die richtige Anzahl an Luft ist.« Coco zwinkert lustig und schwingt sich in den Sattel. Ich sehe staunend dabei zu, wie sie vor und zurück fährt. Anschließend umkreist sie mich auf dem roten Einrad und mir wird ganz schwindelig. Dann springt sie gekonnt ab und hält es mir entgegen. »Und jetzt du«, fordert sie mich heraus und ich möchte es so gerne ausprobieren. Meine Hand wandert an meine Lippe, zu meiner Narbe. Die hab ich bekommen, als ich das erste Mal auf einem ganz normalen Fahrrad saß. Eines mit zwei Rädern, versteht sich. Was könnte mich erwarten, wenn ich mich auf das Einrad setze?

»Das ist nichts für Unkoordinierte«, antworte ich also und ärgere mich über mich selbst. Papa sagt immer, ich entspreche dem perfekten Beispiel für Schusseligkeit und Planlosigkeit. Eben unkoordiniert.

»Dafür brauchst du keine Koordinaten«, meint Coco und legt den Kopf schief. »Das Rad findet seine Richtung und sein Ziel auch ohne so was. Oder hast du schon mal einen Einradfahrer gesehen, der Längen und Breitengrade in sein Gefährt eingibt? Oder GPS-Daten wie bei einem Navi?« Coco lacht und streicht sich ihr lockiges Haar zurück. »Es sei denn, du willst bis zum Mond fahren. Dann wäre eine Navigation hilfreich.«

Coco zuckt die Schultern, als ich weiterhin stumm bleibe, und stellt das Rad wieder zu den anderen zurück. Dann geht sie weiter, biegt an den Überresten eines Kettenkarussells ab und läuft auf eine blaue Halle zu. Mit aller Kraft zerrt sie an einer Schiebetür und lässt sie aufrollen. Hier stehen die wahren Schätze eines Königreiches: Alte Spielautomaten, Autoskooter in allen Farben, noch ältere Autos wie aus historischen Filmen und eine Art Roboter. Wow! Er hat gelbe Augen, die mich anstarren, und einen Mund aus brombeerroten Blechdosen.

»Was ist das denn?«, will ich wissen und berühre das Ding. Es hat einen Tonnenbauch und einen übergroßen Kopf mit Handyohren.

»Das ist mein böser Freund Fred«, meint Coco. »Er hat nur Unsinn im Kopf, schau her.« Sie knipst einen Schalter in seinem Rücken an und schon erwacht Fred zum Leben. Ein Surren, wie von Papas Kaffeemaschine, ertönt und er hebt seinen Arm.

»Wahnsinn«, hauche ich beeindruckt und im selben Moment brummt das Ding ein blechernes »Attacke«. Plötzlich quillen Seifenblasen aus seinen Armen und strömen auf mich zu. Ich kann gar nicht so schnell zurückspringen, um ihnen auszuweichen. Sie platzen in meinem Gesicht, in meinen Haaren und ich kneife die Augen zusammen. »Oje!«, stoße ich aus und schütze mein Gesicht mit den Armen.

»Siehst du?«, fragt mich Coco und stellt ihn wieder aus. »Nur Unsinn im Knippkopf, der Roboter.«

Ich hüstle, der Roboter lässt seinen Arm wieder sinken und stellt seinen Angriff vorerst ein.

»So ein Pissbudenlui.« Coco lacht schallend und tätschelt die Plastikflaschen-Schultern.

»Na ja, irgendwer hat ihn ja programmiert?«, überlege ich und schlage einen großen Bogen um das Seifenblasen speiende Ding.

»Ja, das war ich. Zusammengebaut hab ich ihn auch«, gibt Coco mit einem gewissen Stolz zu und richtet ihre Brille auf der kleinen Nase, die überall Sommersprossen hat. »Das war eine ganz schöne Arbeit, sag ich dir. Der meinte immer, mitreden zu können, was ich ihm einsetzen soll. Als Herz wollte er 'ne Whiskeyflasche, wie Mama ihn gerne getrunken hat. Und als Hirn … na ja, jetzt hat er eben keins bekommen.« Coco macht eine gleichgültige Geste.

Ich frage mich, warum man als Herz eine Flasche Alkohol haben will? Und wie das funktionieren soll?

»Und was hast du jetzt als Herz genommen?«, will ich wissen.

»Die alte Eieruhr meiner Oma. Die hat eine kurze Laufzeit, aber aus Erfahrung weiß ich, dass Whiskey in einem Organismus nichts zu suchen hat. Zu viele Fehlerquellen«, meint Coco und ein Schatten huscht über ihr Gesicht. Ihre Augen hinter den Brillengläsern werden einen Moment ganz ernst.

»Woher kannst du so was eigentlich? Ich meine, so viele Dinge basteln und Mechanik und so weiter«, frage ich und sie verschränkt die Arme hinter dem Rücken.

»Wieso kannst du so gut malen?«, stellt sie eine Gegenfrage und grinst.

»Ich liebe Farben«, sage ich und vermute, dass es damit zusammenhängt. Seit ich einen Stift halten kann, liebe ich es, Farben auf Papier zu bringen, weil es mich beruhigt. Was mich dagegen fertigmacht, ist, wenn ich dabei auf Linien achten muss, die ich nicht überzeichnen darf. Das finde ich äußerst ärgerlich, weil diese Grenzen mich einschränken. Ich bin der festen Überzeugung, dass Farben einen gewissen Freiraum brauchen, um sich zu entfalten.

»Siehst du, und ich liebe Schrott«, zwitschert Coco und ihre grünen Augen funkeln aufgeregt. »Schrott und ich, wir haben sozusagen eine Liebesbeziehung, seitdem ich bei Onkel Bruno lebe. So wie Otto, der Elefant, und die Giraffe Tiffy. Die sind nämlich auch ein Paar ohne zu knutschen. Nur mit Händchenhalten und Aufeinanderaufpassen. Meine Mutter sagte immer, wenn man sich liebt, dann bringt man das Beste voneinander zum Vorscheinen.« Coco geht weiter in die Halle hinein. Ich bestaune Kisten mit Hunderten Fahrradklingeln und nehme mir eine heraus, um sie auszuprobieren. Sie macht *Kring*. Die nächste lässt ein *Raring* ertönen. Und die übernächste eher ein *Ping*.

»Und das tue ich auch. Ich bringe das Beste aus Schrott zum Vorscheinen und gebe ihm eine neue Bestimmung«, erzählt Coco weiter. Sie tänzelt zu einem Fahrrad, dessen Vorderrad sie gegen eine Art Mähwerk, wie bei einem alten Rasenmäher, ausgetauscht hat. »Darf ich vorstellen, das ist mein Rasenrasierrad. Damit mähe ich den Rasen hinter Onkel Brunos Haus. Schweißtreibende Sache, muss ich zugeben, aber es funktioniert.« Sie sieht stolz aus.

»Das glaube ich, dass es anstrengend ist«, antworte ich und betrachte das Mädchen mit den dünnen Armen und Beinen. Sie sieht aus, als könnte ein Sturm sie wegwehen und auf Nimmerwiedersehen verschwinden lassen, wenn sie nicht aufpasst.

»Ich wollte diese Erfindung der Planschkuh Gerda als Fitnessgerät verkaufen, aber die fand die Idee blöd«, erzählt Coco und macht ein nachdenkliches Gesicht. »Ich weiß gar nicht wieso.«

»Was ist denn eigentlich eine Planschkuh?«, frage ich.

»Dabei handelt es sich um ein übergewichtiges Exemplar Frau mittleren Alters feindseliger Natur«, erklärt Coco beiläufig und schüttelt ihre Locken. »So wie die Frau von meinem Onkel eben, die heißt übrigens Gerda.«

Ich kannte mal eine Gerda, eine weiße Gans auf einem Bauernhof, auf dem wir Ferien gemacht haben. Dieses Federvieh hat gebissen, und das nicht zu selten. Sie jagte mich einmal quer über eine saftgrüne Wiese.

»Aha«, mache ich nur und gehe etwas im Raum umher. Vor einem Spanngurt bleibe ich stehen. Er ist von der einen Hallenwand zur anderen gespannt. Etwa einen Meter über dem Boden. Während ich dieses Ding noch betrachte, das mich irgendwie an Sportunterricht erinnert, schlüpft Coco in ein rosa Ballett-Tutu. Sie sieht lustig aus in dem Mädchen-Dress, der so gar nicht zu ihr passen will. Jetzt fehlen nur noch Feenflügel, denke ich und muss kichern.

Geschickt balanciert Coco über das Seil und geht sogar in die Hocke. »Wirf mir mal den Schirm dort zu«, ruft sie und tanzt weiter. Ich gehorche, schnappe mir den verbeulten Regenschirm mit blauen Tupfen, der zu meinen Füßen liegt, und werfe. Leider so blöd, dass es Coco fast vom Seil fegt.

»Hey, hummeldumm!«, stößt sie aus und fängt ihren Sturz gerade noch ab. »Verdammt und zugenäht.«

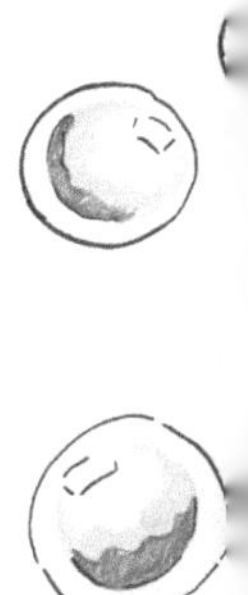

Ich schlage erschrocken die Hände vor den Mund, als sie wild schwankt und zu stürzen droht. Sie hält mit einer Hand den Schirm fest, balanciert weiter, unter ihr die gähnende Leere. Kein Sicherheitsnetz ist gespannt und ich vergesse, dass es nur ein Meter ist, der sie vom Boden trennt.

»Pass auf!«, stoße ich aus.

»Du solltest mich ja auch nicht abwerfen, Pebbels. Du musst etwas umsichtiger sein, wenn du niemanden um die Ecke bringen willst«, zwitschert sie jetzt wieder ganz entspannt wie ein Vögelchen und lässt den Regenschirm aufschnappen. Sie legt ihn über ihre Schulter und dreht sich um. Es sieht aus, als schwebe sie über dieses Seil, und ich applaudiere.

»Tada!«, ruft Coco und erreicht das Ende des Spanngurtes. »Geiler Scheiß, oder?«, schreit Coco und kommt neben mir zum Stehen.

»Das war echt klasse«, sage ich.

»Du hättest mal meine Mama sehen sollen, die konnte das sogar über einem Haifischbecken. Sie ist nie, nie, niemals runtergefallen. Das wäre auch bitter gewesen.«

»Woran ist deine Mama denn gestorben?«, rutscht mir die Frage schneller heraus, als ich darüber nachdenken kann. Coco versteinert, ich möchte die Frage wieder zurückholen, unbedingt, aber es ist zu spät. Ich hasse es, wenn mein Mund schneller ist als mein Gehirn.

»Ist das nicht egal, sag mal?«, antwortet Coco und sieht säuerlich aus. »Eine scheiß beschissene Kackfrage ist das.«

Ich schlucke trocken, weil ich es hasse, wenn ich Menschen zu nahe trete oder verärgere. Mein Magen wird zu einem Eisklumpen. Coco zerrt das rosafarbene Tutu von ihrer Hüfte und pfeffert es in eine Ecke. Jetzt hängt es über einer rostigen Kneifzange.

»Na gut, wenn du es wissen willst. Sie hatte einen Autounfall mit Whiskey«, blafft sie mich an und mir treten Tränen in die Augen. Zum einen, weil ihr Schmerz und ihre Wut auf mich überschwappen, wie eine Welle Salzwasser. Und zum anderen, weil es mir leidtut, dass ich gefragt habe, und weil ich mir vorstellen kann, wie es ist, seine Mama zu verlieren.

»Ich, i…ich wollte das nicht«, stammle ich und Coco hält inne.

»Hey, hey. Tu das jetzt ja nicht«, sagt sie, hebt die Augenbrauen und den Finger, wie Mama, wenn sie schimpft.

»Du kannst jetzt nicht weinen, wenn ich traurig bin. Das ist verkehrte Welt. Du solltest mich trösten und nicht vor mir heulen. Was sollen denn meine Monster dazu sagen?«

Ich ziehe die Nase hoch und schlucke schwer. »Ich kann nichts dagegen machen«, gebe ich zu.

Cocos Gesicht wird milder. »Ach so.« Sie seufzt.

»Und was hat das mit deinen Monstern zu tun?«, frage ich tonlos. Mann, fühle ich mich schlecht.

»Na, die sind so scheißen doof, die haben mich auch noch nie getröstet. Nur ich sie, weil ihnen keiner zuhört, wenn sie herumspuken und niemand ihre Probleme versteht. Also ist es ihre Aufgabe zu jammern. Nicht deine«, erklärt sie mir leichthin und nimmt mich an die Hand. Ihre Finger fädeln sich in meine, total freundschaftlich.

»Mach dir keine Sorgen, uns geht's doch gut«, meint sie dann und sieht mich aufmunternd an. Ich beruhige mich etwas und versuche zu lächeln.

»Sehr schön, ich merke schon, wir verstehen uns«, meint Coco und manövriert mich zum Seil. »Weißt du, man muss sich immer ganz genau überlegen, wann man anfängt zu heulen. Denn das kann unvorhergesehene Folgen haben.«

Ich setze einen Fuß auf den Spanngurt und Coco hilft mir hinauf. Es ist wackelig, ich schwanke leicht von einer zur anderen Seite.

»Manchmal geben deine Tränen denen, die dich gerne heulen sehen wollen, Kraft.«

Ich richte mich auf, mache mich ganz gerade, setze einen Fuß vor den anderen und staune über mich selbst. Ich balanciere wirklich auf einem Seil.

»Wusstest du, dass wir Menschen zu 65 Prozent aus Wasser bestehen? Wenn wir jetzt zu viel Weinen, was passiert dann wohl?«, fragt Coco eher sich selbst und sie lässt mich los. Ich gehe weiter auf dem Seil, das einen Meter über dem Boden gespannt ist. Es kommt mir viel höher vor.

»Keine Ahnung«, gebe ich zu.

»Ich schätze, wir vertrocknen und das Gehirn schrumpft. Das könnte Kopfschmerzen verursachen«, überlegt Coco und ich erreiche ganz ohne Hilfe das andere Ende und ein Podest, auf das ich trete.

»Donnerlittchen! Hammergeile Entenscheiße!«, schreit Coco und applaudiert. »Ich wusste, dass du es kannst, wenn du aufhörst, darüber nachzudenken, ob du es kannst!«

Coco dreht sich im Kreis, wie ein Brummkreisel und … knallt plötzlich mit einem riesigen Mann mit Bart zusammen.

»Hoppla, Mädchen«, brummt dieser und fängt sie auf.

»Hab ich dir nicht gesagt, die Halle ist kein Spielplatz?«, fragt er und nickt mir als Begrüßung knapp zu. Mir bleibt die Spucke weg, weil der Mann aussieht, als wäre er der nächste Anwärter für den Posten des Weihnachtsmannes. Zumindest, wenn sein ergrauender Bart weiß wäre und der alte Weihnachtsmann keine Lust mehr hätte, durch Kamine zu klettern.

»Du hast gesagt, *der Schrottplatz* wäre keiner. Von der Halle hast du nichts gesagt, Onkelchen«, antwortet Coco.

Er mustert sie eingehend.

»Das ist übrigens meine Freundin Penelope«, stellt sie mich vor und ich hebe schüchtern die Hand zum Gruß.

»Freut mich«, brummt der Mann und wendet sich wieder Coco zu.

»Sag mal, hast du dir die Haare heute schon gekämmt?«, fragt er und wuschelt durch Cocos Locken. Ich beobachte die beiden skeptisch. Papa ist nicht so ruppig mit mir. »Du weißt, Gerda ist es wichtig, dass du anständig herumläufst«, erinnert der

Bärtige Coco an eine Abmachung mit seiner Frau, die eine Planschkuh ist.

»Gekämmt? Nein«, sagt Coco knapp. »Da sollen doch Vögel drin nisten. Damit ich mir meinen eigenen Vogel dann aussuchen kann, wenn es so weit ist.«

Onkel Bruno schmunzelt. »Du hast doch schon einen«, meint er und tippt sich an die Stirn.

»Aber ich will so einen großen, wie du hast«, scherzt Coco. Bruno lacht laut und greift sich eine Werkzeugkiste aus einem der vielen Regale. Dabei rutscht sein Ärmel hoch und gibt einen Blick auf bunte Bilder auf seiner Haut preis. Sie gefallen mir, besonders das Herz mit einem Pfeil drin.

»Du weißt ja, wer einen Vogel hat, braucht für den Spott nicht mehr zu sorgen«, ruft Coco und imitiert Gezwitscher, und das ziemlich gut.

»Na, dann pass auf, dass es nicht zu viele werden«, mahnt er und fügt hinzu: »Und tut mir einen Gefallen und spielt woanders weiter.« Dann wendet er sich zum Gehen.

Ich frage mich, ob ich mich hätte besser vorstellen sollen? Ob ich ihm hätte die Hand geben müssen, wie ein höfliches Mädchen. Doch wie kann man das, wenn man im entscheidenden Moment die Klappe nicht aufkriegt und nichts mehr richtig funktioniert. Witzig, was der Mund so alles macht. Entweder er streikt, oder er sagt Dinge, die er nicht sollte. Verrückt.

EIN PAPAGEI NAMENS KACKFROSCH

Coco führt mich in ein angrenzendes Wohnhaus, das so gar nicht zu der Umgebung des Schrottplatzes passen will. Es ist weiß und hat ein taubenblaues Dach. Sie hält sich den Zeigefinger an die Lippen, als wir durch den Flur mit Marmorfliesen gehen, damit ich leise bin. Aus einem Zimmer tönt Musik von Helene Fischer und ich möchte mir die Hände auf die Ohren drücken.

Atemlos durch die Nacht schallt durch den Flur. Wir rennen eine Treppe hinauf in den ersten Stock.

An einer schwarzen Tür mit der Aufschrift *Gefahrenzone* machen wir halt. Coco drückt die Klinke herunter, öffnet ungewöhnlich langsam die Tür und winkt mich in ein großes Zimmer, in dem tausend grüne Pflanzen stehen. Es ist wie im Urwald und das Licht von draußen wird beinahe verschluckt. Wo ich auch hinsehe, ist es grün. Da wäre das Olivgrün der Wandfarbe, das Gelbgrün der Palmen und Büsche, unter denen ich mich jetzt hindurchducke, und das Mintgrün der

Rankpflanzen, die mir den Weg versperren. Sogar Cocos Bett ist türkisgrün.

»Du wohnst im Dschungel«, stelle ich fest. »Indiana Jones wäre neidisch auf dich.«

»Das stimmt wohl. Und pass bloß auf, wo du hintrittst«, empfiehlt Coco mir auf dem Weg zum Schreibtisch. Er steht vor dem Fenster und auf ihm liegen Dutzende Werkzeuge. Schraubenzieher, ein Hammer, einige Nägel und Klebstoff. Was sie damit wohl gebaut hat?

»Mein letztes Projekt könnte noch irgendwo unterwegs sein«, fügt Coco hinzu und sieht sich aufmerksam um.

»Was für ein …« Weiter komme ich nicht, denn ich rutsche auf etwas aus und falle auf den Hintern.

»Oh, da ist es ja!«, schreit Coco an meiner Stelle los und hebt eine Art Rollschuh auf, der von einem Mechanismus fortbewegt wird. Ich erkenne die Arme einer Actionfigur, die an den Seiten angebracht sind und die Räder zum Drehen bringen.

»Der läuft mit Batterie«, erklärt Coco und dreht das Gebilde prüfend vor ihrer Brille. »Ich weiß nicht so genau, wozu es gut ist, aber das wird sich noch ergeben.«

»Vielleicht als Falle für ungebetene Gäste?«, krächze ich und reibe mir den Rücken. Das gibt bestimmt einen blauen Fleck.

»Gute Idee. Wer nichts wird, wird Sicherheitsbeauftragter, sagt Papa immer. Oder Wirt mit einer Kneipe, je nachdem.«

Coco reicht mir die Hand, und gerade als ich sie nehmen will, trifft mich etwas Nasses und Warmes auf der Stirn.

»Hahaha«, brüllt Coco los und hält sich den Bauch. »Scheiße noch eins!«

Meine Finger fassen in eine schleimige Masse. Ich rieche daran und könnte mich übergeben. Vorsichtig hebe ich meinen Blick und suche das obere Regal nach dem Tier ab, das mir soeben auf die Stirn gemacht hat.

»Kackfrosch, du hasenhirniger Blödarsch«, schimpft Coco und reicht mir ein Taschentuch. Ich erkenne einen grasgrünen Vogel mit orangenem Schnabel, der unschuldig zu mir hinunterlinst.

»Gott, was ist das?«, frage ich und wische mir die weiche Vogelkacke weg.

»Das ist eins meiner Monster«, gesteht Coco etwas zerknirscht.

»Nicht dein Ernst.« Ich lasse mir von Coco auf die Beine helfen und schaue mich nach dem Papagei um.

»Ich dachte, du meinst echte Monster.« Ich stemme die Hände in die Hüfte und sehe Coco vorwurfsvoll an.

»Na, wie gefährlich willst du es denn haben? Und Kackfrosch ist echt. Und grün, wie ein Drache«, verteidigt sie sich und weicht meinem Blick aus.

»Aber ich dachte, du hast richtige. So welche, die unter dem Bett hocken und herumgruseln.«

»Die hab ich auch, aber die sind scheu und kommen nur nachts heraus. Und gnade Gott dem, der sie heraufbeschwört«, mahnt Coco und lächelt schief.

»*Atemlos durch die Nacht*«, krächzt der Vogel und wippt hin und her. Dann erhebt er sich in die Luft und schwirrt über unsere Köpfe hinweg, durch die ganzen Palmen, und landet auf dem Schreibtisch.

»Darf ich vorstellen?«, fragt Coco und lässt sich auf dem Schreibtischstuhl nieder. »Das ist Kackfrosch, mein Halsbandsittichdrachenverschnitt.« Sie hält ihm die Hand entgegen und er klettert auf ihre Finger.

Er ist wirklich hübsch. Sein Gefieder besteht aus vielen verschiedenen Grün- und Blautönen. Um seinen Hals herum hat er eine braune Färbung, die ein wenig an ein Halsband erinnert. Kurz sehe ich meine eigenen Tagträume mit Monstern an Leinen, die jetzt wie Seifenblasen zerplatzen. Schade eigentlich.

»Der ist echt niedlich«, stelle ich fest und komme vorsichtig näher. »Darf ich den streicheln?«

»Sicher. Aber ich hoffe, du hast eine gute Krankenversicherung. Denn wenn er dich mit seinem Schnabel erwischt, fehlt dir möglicherweise ein Finger. Besonders, wenn man den drohend hin und her schwenkt, wie Planschkühe es gerne tun«, antwortet Coco und hält mir ihre Hand mit dem Vogel darauf entgegen. »Das ist aber nicht immer schlimm. Nur wenn du Pianist bist und Klavier spielen willst, dann könnte es stören, einen Finger weniger zu haben. Manchmal kann so ein fehlender Finger aber auch von Vorteil sein«, überlegt sie und ich weiche vor dem Tier mit dem gefährlichen Schnabel zurück.

»Ja? Wann das denn?« Ich kann mir beim besten Willen nichts denken, was daran gut sein könnte.

»Ganz einfach, wenn es der Mittelfinger wäre, müsstest du dir nie wieder Sorgen machen, dass du ihn aus Versehen jemandem zeigst und ins Gefängnis kommst.« Coco streichelt Kackfrosch übers Gefieder und er scheint das zu mögen.

»Man kann dafür in den Knast kommen?«, frage ich überrascht und hoffe, dass ich diese Geste nie ausprobieren werde. Bis jetzt hatte ich mich nicht getraut. Auch wenn diese Geste in der Schule zum allgemeinen Ton gehört.

»Na klar, was denkst du denn? Wenn du einem Polizisten den Stinkefinger zeigst, ist das Beamtenbeleidigung. Aber wenn du den Finger aus Versehen zeigst, weil du eigentlich damit in der Nase bohren wolltest, dann ist es ein Ausrutscher und du kommst mit einer Verwarnung davon.« Coco knutscht dem Vogel den Kopf ab.

»Das ist nicht dein Ernst«, sage ich zweifelnd.

»Na, hör mal, Ernst ist mein zweiter Vorname«, empört Coco sich. »Na gut, Ernestine, aber immerhin nah dran.«

Coco zuckt mit den Schultern, der Vogel klettert ihren Arm hinauf, bis zu ihrer Schulter und bleibt dort sitzen.

»Du heißt Coco Ernestine?« Ich muss grinsen.

»Genau genommen Corinne Ernestine«, ergänzt Coco und krault dem kleinen Papagei den gefiederten Kopf. So blutrünstig scheint der gar nicht zu sein. Zumindest nicht bei ihr.

»Das ist ja ähnlich gut wie Penelope«, finde ich.

»Würdest du lieber Horst heißen?«, fragt mich Coco und macht ein komisches Gesicht. »Dir hat auch noch keiner klargemacht, dass wir gegenüber unseren Namen eine Verpflichtung haben, oder? Dass jeder Name eine Bedeutung hat und wir dieser gerecht werden müssen? Und umso besonderer, desto schöner.«

»Nein, tut mir leid«, beeile ich mich zu sagen, weil Coco sich so aufregt. Der Vogel knabbert beruhigend an ihren Locken. Ich schätze, er mag es nicht, wenn sie sauer wird.

»Nehmen wir deinen Namen zum Beispiel. Penelope bedeutet ›die Treue‹. Du bist also eine gute Freundin und das erwarte ich auch von dir«, stellt sie klar. »Selbst wenn du zu viele davon haben solltest, im Übrigen. Ich gehör jetzt dazu.«

»Ich habe eigentlich keine Freunde«, wird mir klar und das versetzt mir einen Stich in der Nähe des Herzens. Könnte aber auch mein Magen sein.

»Umso besser!«, freut sich Coco. »Dann hast du genug Kapazitäten für mich!«

»Kapaziwas?«

»Das bedeutet Fassungsvermögen, sprich: du verträgst die volle Dröhnung Coco und hast immer Zeit für mich. Das finde ich wirklich toffte.«

»Mpf.« Ich muss erst mal verstehen, dass Coco regelmäßig mit mir Zeit verbringen möchte – und das ist so schön!

»Keine Sorge, umgekehrt gilt natürlich dasselbe«, fügt sie hinzu.

Ich lächle. »Und was bedeutet dein Name?« Coco sieht aus, als müsse sie sich gleich übergeben. Ich hingegen erwarte eine magische Herkunft ihres Namens. Etwas, das einen umhaut. So wie ›die magische Koboldbezwingerin aus dem Reich der Franzosen‹ oder so.

»Das Mädchen, das um die Ecke kam«, sagt sie platt.

»Wirklich?« Ich bin verdutzt.

»Nee, einfach nur Mädchen. Ist das nicht langweilig?« Ihre Augenbrauen schnellen in die Höhe. »Oh, hummeldumm! Ich bin langweilig«, befürchtet sie und rauft sich die Haare. Bevor sie sich noch mehr aufregen kann, falle ich ihr ins Wort.

»Du bist ganz sicher alles andere als langweilig, das kann ich dir versprechen«, erkläre ich ihr feierlich.

»Wirklich?«, fragt Coco und greift blitzschnell meine Hände. »Du lügst mich nicht an?«

Ich schüttle eifrig den Kopf. »Nein, ganz sicher nicht.«

Im Grunde kann ich auch gar nicht lügen. Das fällt mir enorm schwer, da ich meine eigenen Lügen vergesse und mich selbst in die Pfanne haue. Und weil ich meistens sage, was mir durch den Kopf geht. Und beim Lügen müsste ich ja vorher genau nachdenken. Schade eigentlich, denn manchmal wäre Lügen so gut. Zum Beispiel wenn Mira mal wieder ankommt und fragt, ob ich denke, dass sie blöd sei. Ein *na ja*, während man an ihre letzte 5 in Mathe denkt, ist keine gute Antwort. Das weiß ich mittlerweile.

Kackfrosch fliegt über mich hinweg und ich ducke mich mit einem Kreischen.

»Hey«, ruft mir Coco zu. »Hör auf damit, du provozierst ihn noch mit deiner Angst.« Sie hält in ihrer Bewegung inne und hält ganz still. Ich ahme sie nach.

»Wie meinst du das denn?«, flüstere ich besorgt und schaue mich nach dem Tier um, das jetzt wieder vom Regal auf mich hinabglotzt. Der führt doch was im Schilde.

»Na, hast du denn noch nie den Film *Die Vögel* von Alfred Hitchcock gesehen? Da haben die Schauspieler so getan, als hätten sie Angst vor Vögeln. Und das hat diese friedlichen Tiere so sauer gemacht, dass die in die Häuser und Autos geflogen sind, um den Leuten auf den Kopf zu kacken. Da war das Geschrei aber groß, das kannst du mir glauben.«

Komisch, ich dachte immer, es sei ein Gruselfilm, in dem es um Mördervögel ging. Ich zucke die Achseln und muss aufpassen, dass meine Gedanken nicht davonrennen. Kackfrosch schräg über mir flötet jetzt Helene Fischers *Herzbeben*.

»Siehst du? Jetzt bestraft er uns«, meint Coco und verdreht die Augen. »Ich hasse diese Musik.«

»Aber wer hat sie ihm denn beigebracht?«, frage ich und schaue Coco dabei zu, wie sie sich kurzzeitig zwei kleine Kissen auf die Ohren drückt. Als wir vorhin unten hereingekommen sind, hatten wir diese Musik auch gehört, vielleicht kopiert der Papagei das lediglich?

»Niemand. Kackfrosch ist der Songschreiber für Helene«, behauptet Coco, wirft die Kissen weg und stopft sich die Finger in die Ohren.

»Ja, klar.« Das glaub ich ihr nicht.

»Überleg doch mal«, meint sie viel zu laut und nimmt die Finger wieder aus den Ohren. »Die Einfachheit der Songs von Schlagermusik und die wenig geistreichen Texte. Das kann nur einem Vogelhirn entspringen, findest du nicht auch?«, fordert Coco energisch eine Zustimmung. »Vögel können sich keine tiefgründigen Sätze ausdenken. Sie haben ja nur kleine Köpfe.«

»Viele Leute mögen Helene Fischer«, überlege ich und denke an Papa, der in einem Zustand von extremer Feierlaune ebensolche Texte mitgeschmettert hatte.

»Na sicher. Weil viele Leute Spatzenhirne sind und Ohrwürmer lieben. Und Ohrwürmer haben bekanntermaßen einen schlechten Musikgeschmack«, fügt Coco an.

»Mein Papa mag Helene«, gebe ich zu.

»Mein Beileid«, antwortet Coco knapp und Kackfrosch pfeift ein anderes Lied.

»Wo ist dein Vater jetzt?«, frage ich Coco.

»Der arbeitet, um Geld zu verdienen. Im Augenblick zieht er mit den Schaustellern umher. Aber er kommt bald hierher, wenn der Zirkusaffe keinen Mist mehr macht. Wusstest du eigentlich, dass man vor Langeweile sterben kann? Langeweile ist nämlich so tödlich wie die Pest und man bekommt ähnlichen Hautausschlag«, wechselt Coco abrupt das Thema. Kackfrosch fliegt wieder zu Coco auf die Schulter.

»Igitt, das ist ja furchtbar«, stoße ich aus und denke an die Windpocken, die ich letzten Winter hatte. Ich hatte schon vermutet, dass ich die nicht wirklich vom Nachbarskind Lotta hatte, sondern weil die Tage so öde waren. Mama hatte mir verboten, mit ihr zu spielen. Deshalb sprachen wir nur über den Gartenzaun hinweg, weil mir an dem Tag so langweilig war. Wir hatten uns nicht mal berührt. Auch nicht, als ich nieste und sie mir ihr Taschentuch gab.

»Ja, oder? Ich finde, es gibt nichts Schlimmeres, als wenn man nichts zu tun hat.« Coco sieht bei dem Gedanken mitgenommen aus.

»Und was hat dein Vater mit dem Affen zu tun?«, bohre ich nach.

»Mein Vater …«, beginnt Coco geheimnisvoll, »… stammt von einer Piratenzunft ab, die im drölften Jahrhundert hier vor der Küste ihr Unwesen trieb. Die Piraten haben geraubt und gebrandschatzt.«

Meine Augen gehen fast über, so gruselig ist das. Beinahe kann ich das Säbelrasseln hören.

»Sie waren die berüchtigsten und reichsten Piraten der Welt. Sogar Käpt'n Hook war neidisch auf sie«, flüstert Coco, und als der Papagei wie zur Bestätigung die Melodie von *Fluch der Karibik* pfeift, fehlt Coco nur noch die Piratenaugenklappe und ein Holzbein und sie würde ebenfalls als eine Piratenbraut durchgehen.

»Aber dann sind sie an Land geschwommen und haben sich verliebt. Das war das Ende der ruhmreichen Zeit. Zack! So schnell kann es gehen.« Coco klatscht in die Hände, Kackfrosch flattert erschrocken auf und landet auf meinem Kopf. Ich halte den Atem an und bewege mich keinen Millimeter. Nicht, dass er sauer wird.

Coco legt den Kopf schief und streicht sich die Locken hinter die Ohren. »Kannst du schwimmen?«

Ich schüttle heftig mit dem Kopf und Kackfrosch sucht sich augenblicklich einen anderen Platz.

»Wieso nicht?«, will Coco wissen und runzelt besorgt die Stirn.

»Ich hab zu wenig Auftrieb«, schätze ich.

»Da hab ich ein Rezept dagegen. Du musst vorher die Luft berechnen, die sich in deinem Bauch entwickelt, wenn du Kohl und Zwiebeln isst. Wenn es genug ist, schwimmst du auf jeden Fall oben«, meint sie grinsend. »Und du kannst aus jedem Gewässer einen Whirlpool machen.«

Ich verstehe nicht ganz, meine Gedanken wirbeln einmal mehr wild durcheinander. Ich denke an Wasser, Freibäder und an Maris und Schwimmflügel.

»Na, egal. Ich kann es dir irgendwann beibringen. Ich bin nämlich eine Meisterschwimmerin, weil es mir das Zirkusnilpferd beigebracht hat, als ich drei Jahre alt war.«

Plötzlich klopft es. Unsere beiden Augenpaare blicken entsetzt zur Tür.

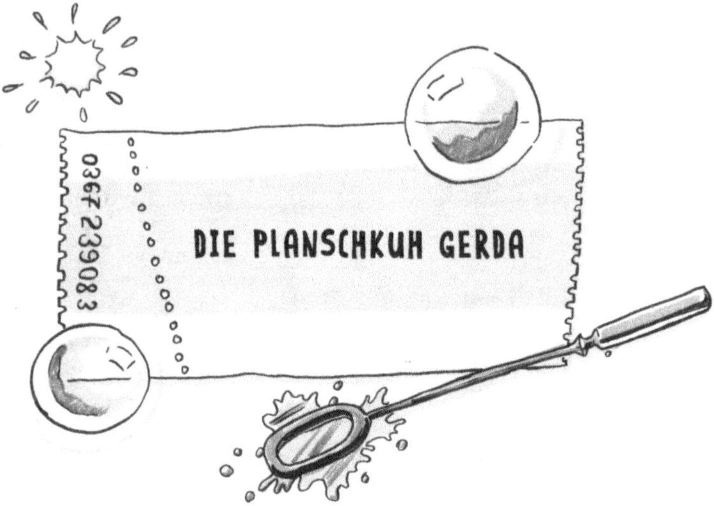

Plötzlich reißt Coco die Bettdecke hoch. Kackfrosch erschrickt zu Tode und kreischt, wie ich es auch gerne tun würde. Coco packt mich, wirft mich auf die Matratze und breitet die Decke über uns aus. Alles wird dunkel.

»Coco, Kindchen?«, fragt eine Stimme, als die Tür zu ihrem Zimmer knarrend aufschwingt. Langsam gewöhnen sich meine Augen an das schlechte Licht und ich kann Coco erkennen. Sie grinst breit und ihre hellen Zähne blitzen.

»Ich weiß, dass du hier bist«, meint die Frau. »Und wenn du nicht hervorkommst, dann öffne ich das Fenster und lass deinen Vogel raus.« Au weia!

Cocos Augen weiten sich und sie taucht unter der Bettdecke auf.

»Das wirst du nicht wagen, sonst holt dich der Teufel«, meint Coco und kommt mit allen vieren auf dem Boden auf. Wie eine wild gewordene Katze steht sie jetzt da, die dicke Frau mit den Lockenwicklern auf dem Kopf im Visier. Dann ist es eine Weile ganz still in dem grünen Zimmer. Gespenstisch ruhig.

»Ich hab dir gesagt, der Vogel bleibt in seinem Käfig«, erinnert die Frau Coco mit schriller Stimme und verzieht dabei ihren Mund auf eine Weise, dass man denken könnte, sie hat etwas Verdorbenes gegessen. Eine gammelige Banane vielleicht, die schon ganz schwarz ist und stinkt. Sie deutet in die Zimmerecke. Erst jetzt entdecke ich einen großen Vogelkäfig, der die Form eines Schlosses hat. Das nenn ich mal hübsch. Natürlich bleibt es trotzdem ein Käfig.

»Sehr verehrte Gerda, ich habe dir erzählt, dass Kackfrosch einen ausgesprochenen Freiheitsdrang verspürt. Ähnlich wie die Mal-kacken-Äffchen in Asien, die feiern jeden Tag ihre Unabhängigkeit und führen Tänze auf.«

»Die heißen Makakenäffchen«, berichtigt Gerda und verschränkt die dicken Arme vor der Brust. Sie trägt ziemlich viele Ringe an den Fingern. Fast keiner ist mehr frei.

»Ist doch egal. Die kann man jedenfalls auch nicht einsperren«, kontert Coco.

»Was du immer erzählst. Nur Unsinn«, brummt die Frau und ich bewundere ihren Jogginganzug, der nicht wirklich nach Sport aussieht. »Dein Onkel ist auf meiner Seite, denk dran.«

Coco und ich wechseln einen schnellen Blick und erst jetzt fällt der Planschkuh Gerda auf, dass Coco nicht alleine ist.

Ihre nachgemalten Augenbrauen schnellen nach oben. »Oh, wen haben wir denn da?«, fragt sie, wackelt auf mich zu und reicht mir die Hand. Sie walzt eine Palme nieder, die Coco gerade noch auffängt, bevor sie auf dem Boden ankommt.

»Ich bin von nebenan«, erkläre ich nervös. Meine Hände schwitzen, die Frau hat etwas Ungemütliches an sich. Und sie will meine Hand gar nicht mehr loslassen. Ich starre auf ihren Schmuck.

»Na, das ist ja toll«, meint sie und quetscht meine Finger noch etwas mehr. »Und wie heißt du?«

»Pebbels.« Die Antwort kommt zögerlich über meine Lippen.

Ihre großen Augen haben tatsächlich etwas kuhhaftes an sich und ausgerechnet jetzt beginnt sie, auf ihrem Kaugummi herumzukauen. Ich verstehe Cocos Vergleich mit der Planschkuh.

»Nachname?«, fragt sie und versucht zu lächeln. Sie hat roten Lippenstift nicht nur auf dem Mund, sondern auch auf den weißen Zähnen und ich versuche, den Farbton zu analysieren. Vielleicht Weinrot? Oder dunkles Purpur.

»Hey, hast du mich verstanden?«, hakt sie nach und ich ziehe an meiner Hand, um sie freizubekommen.

»Gruber.«

»Hah!«, ruft sie aus und ich zucke zusammen. Ich schaue zu Coco und sie hebt verwundert die Schultern. »Dein Vater hat doch den alten roten Skooter gekauft«, stellt sie triumphierend fest und freut sich über ihr gutes Gedächtnis.

»Das ist richtig, sehr verehrte Gerda. Du bist so klug, es macht mich immer wieder sprachlos«, mischt Coco sich ein, während sie Kackfrosch vorsichtig in seinen Käfig setzt. »Wir sollten dich bei *Wer wird Millionär* anmelden, bei deinem Mammut-Gedächtnis und der ganzen Klugheit.«

»Und, hat er viel Freude daran? An dem Skooter?«, fragt mich Gerda und ignoriert Cocos Sticheleien.

»Ja, sicher«, antworte ich lahm.

»Wenn er noch welche braucht, wir haben eine ganze Menge.«

Coco tritt mit dem Fuß fest auf den Boden und kocht sichtlich vor Wut.

»Laut mündlichem Vertrag, geschlossen am ersten Mai diesen Jahres, gehören die Skooter mir, bis ich etwas anderes behaupte«, motzt sie los und Gerda richtet sich auf und macht sich dadurch größer. Plötzlich wirkt sie wie ein Berg aus rosa Frottee mit Lockenwicklern.

»Hör auf, so vorlaut zu sein«, fordert Gerda und erinnert mich an Frau Rottenmeier aus dem Heidi-Film. Nur dass Gerda viel runder ist.

»Wie soll ich denn vorleise sein, verdammt?«, fragt Coco. Gerda schnappt nach Luft.

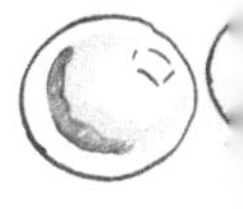

»Mein liebes Fräulein«, beginnt sie tadelnd. »Du sollst nicht fluchen.«

»Wieso nicht, in der Bibel steht davon jedenfalls nichts«, gibt Coco zurück und ich muss kichern. Wo sie recht hat, hat sie recht.

»In unserer Hausordnung steht es aber. Wir haben darüber gesprochen«, meint Gerda und fummelt an ihren Lockenwicklern herum.

»Hübsche Frisur übrigens, kann ich die Dinger auch mal ausprobieren?«, fragt Coco versöhnlicher, aber Gerda ist nach wie vor im Meckermodus.

»Wenn du dich nicht an unsere Regeln hältst«, schimpft sie, »dann sind die Verträge für die Skooter hinfällig.«

Coco lässt sich wieder neben mir aufs Bett fallen und flüstert mir zu: »Pass auf, jetzt verwirre ich sie mit Schwachsinn.« Dann springt sie wie ein Kastenteufel auf, guckt Gerda an und sagt: »Ich halte mich nur an meine eigene Regel, und die hab ich noch nicht. Also tu dir deine Tampons dahin, wo die Sonne nicht scheint.«

Ich weiß nicht, ob ich lachen oder weinen soll. Coco ist so frech, dass ich selbst ganz schuldbewusst werde. Wenn ich so mit meinen Eltern reden würde, dann wäre aber was los zu Hause. Als ich klein war, hab ich zu Mama mal *blöde Kuh* gesagt und sie hat so dolle mit mir geschimpft, dass ich vor Schreck angefangen habe zu weinen.

Gerda bekommt eine ungesunde Gesichtsfarbe, etwas zwischen Pflaumenlila und Tomatenrot. Sie weicht zurück und stemmt die Hände in die dralle Hüfte. »Ich werde Bruno von deinen Frechheiten erzählen. Das wird ein Nachspiel haben«, verspricht sie und ich werde an Cocos Stelle ganz unruhig, angesichts der Drohung. Coco hingegen sieht total entspannt aus, setzt sich auf den Schreibtischstuhl und wirkt vollkommen freundlich.

»Wie viel Nachspielzeit wird es denn geben?«, fragt sie und

lässt den Stuhl wild drehen. Mir wird allein vom Zugucken ganz schlecht. »Und die wichtigere Frage, was ist mit dem Elfmeter?«

Gerda schiebt schmollend die dicke Unterlippe vor. »Du bist ein hoffnungsloser Fall, Coco. Warum muss mit dir alles so schwierig sein?«, fragt sie und einen Moment lang tut sie mir leid, die Planschkuh. »Ich wollte dich eigentlich nur zum Essen holen«, gibt sie zu. Dann dreht sie sich um und verlässt Cocos Dschungelzimmer. Fluchtartig.

»Essen? Warum sagst du das nicht gleich«, ruft Coco ihr nach und greift nach meinem Arm.

GEDANKEN NACH FARBEN SORTIEREN

Es ist Sonntagnachmittag und es regnet wie aus Eimern. Eigentlich soll ich mein Zimmer aufräumen, aber ich sitze schon eine halbe Ewigkeit vor dem Fenster und betrachte die Tropfen, die an ihm herunterrinnen. Es gibt nichts Langweiligeres als Aufräumen. Doch, Mathematik und Vokabeln üben und Gedichte auswendig lernen und …

Plötzlich klingelt es an der Haustür. Ich springe auf und wetze nach unten. Es ist Coco, die unter einem schwarzen Regenschirm hervorlugt.

»Hallihallo. Ich wollte mal nachgucken, ob ihr eure Arche schon fertig habt«, meint sie und drückt sich an mir vorbei. Ihr Schirm tropft den Flur nass und ich nehme ihn ihr ab. Schnell fliegt er in den Schirmständer.

»Ob wir was fertig haben?«, hake ich nach. Ich kann ihr mal wieder nicht folgen. Coco hängt ihre Jacke an unsere Garderobe und schüttelt die nassen Locken, wie ein Pudel.

»Na, hast du denn heute mal rausgeschaut?«, fragt sie und

nimmt ihre Brille ab, um sie an ihrem grauen Pulloverärmel zu putzen.

»Ja, hab ich«, antworte ich und winke sie hinter mir her die Treppe hinauf. Sie nimmt immer zwei Stufen auf einmal.

»Dann ist dir sicher aufgefallen, dass wir einen Regen haben, wie er im Buche steht. In der Bibel, um genau zu sein. Du weißt schon, die Sintflut. Es wäre jetzt an der Zeit, ein Boot zu bauen, wenn wir nicht alle weggeschwemmt werden wollen.« Coco sieht sich staunend in meinem Zimmer um und steigt über die Inseln von Krams hinweg.

»Ich glaube nicht, dass wir eine Sintflut bekommen. So was ist doch Quatsch«, überlege ich und frage mich einmal mehr, wie man all die Tiere aus der ganzen Welt an nur einem Tag paarweise in so ein Schiff manövriert. Das ist doch total irre.

»Sei dir da lieber nicht zu sicher, ich hab so eine Ahnung, dass die Apokalypse nicht mehr weit weg ist«, brummt Coco und kickt eine Stoffgiraffe aus dem Weg. »Immerhin bin ich eine helle Seherin.«

Prompt hört es vor dem Fenster auf zu regnen und ich frage mich, ob so eine hellseherische Kraft auch kaputtgehen kann. Coco betrachtet mein Glassteinmobile vor dem Fenster.

»Sehr gute Arbeit«, meint sie. »Hast du das gemacht?«

Ich nicke stolz. »Also, wenn Bruno das wüsste, würde er dir jeden Tag Glassteine frei Haus liefern, nur damit du sie verbastelst.« Coco tänzelt im Zimmer herum und setzt sich schließlich auf mein Bett.

Plötzlich kommt meine Mama herein und staunt nicht schlecht über Coco und darüber, dass ich noch nicht aufgeräumt habe.

»Oh, hallo«, sagt sie lächelnd. »Du bist sicher Coco«, kombiniert sie schnell, nachdem ich gestern beim Abendbrot stundenlang von ihr erzählt habe.

»Ja, genau. Freut mich, dass ich da bin, Frau Gruber.« Coco hüpft auf Mama zu, schnappt sich ihre Hand und schüttelt sie wie verrückt. »Es ist schön, Ihre Bekanntschaft zu machen.«

»Die Freude ist ganz meinerseits«, antwortet Mama.

Dann wandert Mamas Blick über meinen Zimmerboden und ihre Miene wird ernst.

»Pebbels, kannst du mir erklären, warum immer noch alles auf dem Boden liegt?« Sie hebt fragend ihre Augenbrauen.

»Oh, da kann ich weiterhelfen, Frau Gruber. Ich weiß, warum das so ist«, mischt sich Coco vorwitzig ein. Ich bleibe stumm, wie ein Fisch. Und so ähnlich fühle ich mich auch. Nämlich wie einer, den man gerade an Land gezogen hat. Mama sieht wirklich verärgert aus.

»Ach ja?«, hakt Mama bei Coco nach und zwischen ihren Augen zeigt sich eine steile Falte.

»Aber natürlich«, zwitschert Coco. »Es liegt eindeutig an der Schwerkraft, auch Gravitation genannt. Die sorgt dafür, dass alles auf dem Boden der Tatsachen landet. Das ist übrigens auch der Grund, warum wir uns die Knie aufschlagen können, wenn wir versuchen über unseren eigenen Schatten zu springen.«

Mama sieht aus, als hätte sie noch nie etwas von Physik gehört, und ich muss kichern. »Na, wenn das so ist ...«, beginnt sie langsam und betrachtet Coco eine Weile. Die setzt ihr hübschestes Lächeln auf.

»Selbstverständlich. Das ist so«, bestätigt Coco und nickt bekräftigend. »Aber ich weiß, was da hilft. Aufräumen.«

Mama lächelt.

»Ich hab eine Idee«, sagt Mama, während sie wieder hinausgeht. »Wenn ihr zusammen aufräumt, könnt ihr euch später ein Eis kaufen gehen«, schlägt sie vor.

»Ich liebe solche Ideen«, antwortet Coco und ich stimme ihr zu. Ich finde, meine Mutter könnte öfter solche Einfälle haben. Sie verschwindet und zieht die Zimmertür ins Schloss. Endlich alleine.

»So, die wären wir vorerst los«, stellt Coco zufrieden fest.

»Das stimmt.«

»Also, was stellen wir jetzt an?«, will Coco wissen und wippt auf ihren Fersen.

»Na ja, ich muss jetzt aufräumen, sonst gibt es Ärger.«

»Okay. Von Ärger habe ich heute schon genug. Und von Eiscreme zu wenig«, überlegt Coco und springt auf meinem Bett herum. Für einen Moment denke ich, sie könnte wieder gehen wollen, aber dann beginnt sie die ersten Stofftiere einzusammeln und in meine Kiste zu werfen. So langsam erkennt man den Rosenprint auf dem Teppich wieder.

»Ich helf dir, dann kannst du mir gleich mal erzählen, wie es zu solch einer Unordnung überhaupt erst kommen konnte. Und was sind das alles für bunte Zettel mit Botschaften drauf?« Coco runzelt die Stirn und zählt die Post-its.

»Ähm.« Zu mehr komme ich nicht, denn Coco wirbelt durch mein Zimmer, hebt Kleidung auf und trägt sie zum Schrank. Als sie die Tür öffnet, ist sie einen Moment sprachlos: Die Masse an Erinnerungszetteln, die an der Innenseite befestigt ist, ist enorm.

Coco drückt meine T-Shirts in ein Fach und liest.

»So ein Prinzip würde ich der ollen Gerda auch gerne vorschlagen. Die vergisst nämlich immer, mir meine Cannelloni aus dem Supermarkt mitzubringen.« Sie zupft einen etwas älteren Post-it ab und wedelt damit vor meiner Nase herum.

»Warum willst du dir merken, dass ein gewisser Paul einen Unfall hatte und deshalb eine Zahnlücke hat?« Sie schiebt ihre Unterlippe vor.

»Damit ich ihn nicht mehr frage, warum er so spät seine Milchzähne verliert. Er denkt nämlich, ich will ihn damit ärgern. Dabei hatte ich es nur vergessen, dass er bald einen künstlichen Zahn bekommt.«

Coco lacht. »Ist ja lustig. Wie bei meinem Opa.«

»Ja, aber Paul findet das gar nicht so komisch«, gebe ich zu und denke an den Tag, als er so sauer auf mich wurde, dass er mir einen Schubs verpasste.

»Man könnte ihm den Zahn eines Rhinozeros einsetzen. Das sähe bestimmt gut aus«, überlegt Coco und räumt weiter mein

Zimmer auf. »Oder man nimmt die winzig kleinen Zähne eines Hamsters, das wäre noch besser. Da kann man gleich mehrere von nehmen, passen ja gut rein in seine große Klappe.«

Jetzt muss ich auch lachen, als ich mir das Bild vorstelle.

Coco bleibt stehen, den Arm voller Teddys. »Wo sollen die hin, sehr verehrtes Fräulein Penelope?«, fragt sie und macht einen Knicks.

Ich deute nach links auf einen Stoffsack, in dem die Teddygeschwister liegen. »Sag mal, willst du nicht mithelfen?«, höre ich Coco wie von weit weg sagen und sehe eine tanzende Zahnfee vor mir, die Post-its für mich beschriftet. *Zähneputzen nicht vergessen. Wir mögen keine Karieszähne.*

»Ey, du!«, ruft Coco und wirft mich mit einem Stoffhasen ab. »Was stimmt nicht mit dir?«

Ich blinzle. »Ich hab nur nachgedacht.«

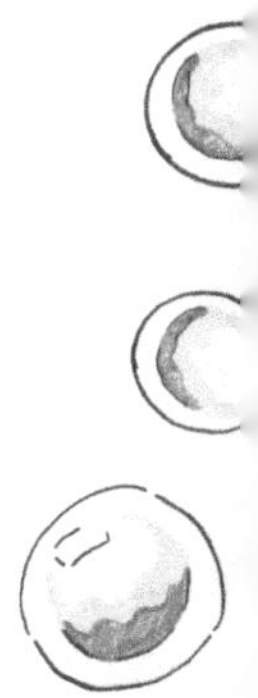

»Sei vorsichtig«, zwitschert Coco und stapelt Zeitschriften. »Hab ich dir von unserem Rechenkünstler erzählt, der sich bei einem Kunststück sein Gehirn verrenkt hat?«

»Nein, erzähl«, fordere ich sie auf und stehe weiterhin nur im Weg rum.

»Dem haben sie das Hirn im Krankenhaus durch die Nase rausgeholt, wie einst die alten Ägypter.«

»Oh Gott«, stoße ich aus. »Er ist tot?«

Ich sehe die Schlagzeile unserer Zeitung vor mir. *Rechenkünstler starb bei Aufführung. Gehirnüberanstrengung führte zum Tode. Angehörige bleiben fassungslos zurück.*

»Iwo. Sie haben den Knoten wieder gelöst und es wieder reingeschoben«, winkt Coco ab und schüttelt ihren Lockenkopf. »Funktioniert jetzt wieder einwandfrei, das Oberstübchen. Nur bei der Zahl drölfundsiebzig stottert es ein bisschen.«

Ich grüble, ob ich je davon gehört habe, dass man ein Gehirn entnehmen und wieder einsetzen kann.

Meine Gedanken werden schrill und fallen alle durcheinander. Es fühlt sich an wie bei einem Dominospiel. Ein Gedanke stößt den anderen an und sie purzeln, wie bunte Steine. Ich denke an Oma Hilde und ihre kranke Katze. An Ägypter, die Katzen sehr mochten. Und an Ägypter, die toten Leuten die Gehirne entfernten, bevor sie sie zu Mumien machten. Komisch, plötzlich denke ich an Klopapierrollen und was man damit alles so anstellen könnte …

»Hey, Erde an Pebbels. Bist du noch da?«, fragt Coco mich und legt ihre Arme um meine Mitte. Sie ist mir plötzlich so nah, dass mir ganz warm wird. Sie lächelt.

»Ja, es sind nur meine Gedanken. Sie geraten manchmal durcheinander«, gebe ich zu.

Coco hebt die Augenbrauen. »Wie die Sachen in deinem Zimmer?«

Ich nicke.

»Dann musst du sie halt sortieren«, meint sie und lässt mich wieder los.

»Ja, aber wonach denn bloß?« Ich versuche meine Gedanken

zu fassen zu kriegen. Ob man sie alphabetisch geordnet bekommt? A wie am Arsch?

»Na, nach Farben natürlich«, überlegt Coco und betrachtet meine selbst gemalten Bilder an der Zimmerwand. Prüfend legt sie den Kopf schief. »Du könntest ein zweiter Picasso werden. Der hat auch so herrlich bescheuerte Bilder gemalt.«

Ich grinse unsicher, weiß nicht, ob das jetzt ein Kompliment war oder eher nicht.

Einige Minuten später ist mein Zimmer so ordentlich wie lange nicht mehr und Mama schenkt uns zwei Euro. Coco und ich beschließen, dass wir zur Eisdiele laufen und uns belohnen.

»Schneller, Pebbels«, ruft Coco mir in ihrer gelben Jacke zu. Es hat aufgehört zu regnen und die Sonne bricht durch die Wolken. Überall sind Pfützen und kleine Bäche, die sich ihren Weg suchen. »Wir spielen ein Spiel«, meint Coco und manövriert mich vor sich. »Ziel ist es, möglichst viele Sumpflöcher zu erwischen«, erklärt sie und drückt mich in die Hocke. »Ich werde beginnen und einen Bocksprung über dich, direkt in dieses hübsche Gewässer vor dir machen.«

Ich runzle die Stirn und will gerade protestieren, da jagt sie auch schon über mich hinweg und landet mit ihren Turnschuhen mitten in der ersten Pfütze. Das Wasser spritzt in alle Richtungen und trifft mich im Gesicht.

»Scheißendreck, wie mega ist das denn?«, juchzt sie und ich betrachte das eigenwillige Muster aus Dreck an ihrer Hose.

»Ich will auch!« Tatendrang packt mich.

Coco macht einen runden Rücken, ich nehme Anlauf und hüpfe über meine Freundin. Leider verfehle ich die nächste Pfütze.

»Komm schon, du Sesamstraßengucker! Das kannst du besser«, fordert sie mich auf und ich versuche es erneut. Diesmal visiere ich die Größte an und lande in der tiefsten Stelle. Platsch! Coco hat Spritzer im Haar.

»Genial, ich wusste du hast es drauf.« Sie wischt sich eine nasse Strähne aus der Stirn.

Coco ist als Nächste dran. »Wir sind hoch in den Wolken und wenn wir den trockenen Boden berühren, fallen wir!«, kreischt sie und unsere Sprünge werden wilder.

»Wir sind Wolkenpiraten und kapern die Eisdiele«, brülle ich zurück.

»Ja, genau. Oder so ähnlich!« Coco nimmt meine Hand, wir landen gleichzeitig in der nächsten Pfütze und lachen uns tot.

Wir machen das den ganzen Weg lang. Es macht irre viel Spaß. Die Autofahrer hupen und gucken uns komisch an. Eine Frau mit einem Fahrrad nimmt kreischend Reißaus. Ich mache mir gar keine Gedanken darüber, wie Mama das finden würde.

In der Eisdiele angekommen, sehen wir aus wie Schweine, nur nicht so rosa. Cocos Brille ist ganz beschlagen und sie putzt sie sich an ihrer Jacke ab, während wir eintreten. Die vielen Glöckchen, die dabei schrillen, nehmen mich einen Moment gefangen und ich bleibe einfach stehen.

Coco schiebt mich weiter hinein. Dabei ziehen wir eine nasse

Spur quer durch den Laden mit seinen bunten Stühlen und Tischen.

»Hallihallo«, zwitschert Coco und stellt sich vor die Glasvitrine. Ein älterer Herr mit Silber im Haar kommt zu uns und schnappt sich umgehend seinen Eisportionierer.

»Hey, Kids, was darf es sein?«, fragt er nett und betrachtet uns aufmerksam.

»Ich hätte gerne eine heiße Tomatensuppe mit Schnitzel-Auflauf«, antwortet Coco. Und als der Mann nichts sagt, nur unsere schmutzige Kleidung weiter anschaut, sagt sie: »Nein, verehrter Herr. Das war selbstverständlich nur mein Humor. Der ist manchmal ungeheuerlich und macht Scherze.«

»Na, du bist mir ja ’ne Ulknudel.« Der Mann kratzt sich am Kopf und mein Blick wandert zu den vielen bunten Eissorten.

»Und Sie der Eisverkäufer, ich weiß.« Coco grinst und mir fällt das erste Mal auf, dass ihre Schneidezähne sehr groß sind. Wie bei einem süßen Hasen.

»Wie ich sehe, haben Sie sogar die Sorte gesalzenes Karamell, wie lecker«, freut sie sich und fordert von mir das Geld, das ich in meiner Hosentasche habe.

»Oh ja. Und Roseneis!«, quietscht sie begeistert. »Wie soll man sich denn da entscheiden?«

»Rosen kann man essen?«, frage ich jetzt irritiert und muss an Seife denken. Vielleicht hatte man Coco zu oft den Mund damit ausgewaschen, wegen der ganzen Flüche und sie war auf den Geschmack gekommen? Ich runzle die Stirn.

»Was nimmst du?«, fragt mich Coco und ihre Augen hinter der Brille funkeln.

»Melone, glaube ich.«

»*Glaube ich* ist aus. Aber Melone haben 'se da«, berichtet Coco freudig in meine Richtung.

Hinter uns beginnt ein Hund zu bellen, das kleine Kind am Tisch weiter hinten macht Krach mit einem Spielzeug. Vor der Tür hupt ein Wagen wie verrückt, und das an einem Sonntag. Jemand Neues kommt in die Eisdiele, ein Mann mit Bart, die Glöckchen klingeln. Der Hund jault, das Kind jammert, die Mutter schimpft … Ahhhh. Es ist so laut hier! Meinem armen Hirn wird das zu viel und es will sich schützen. Also träumt es sich weg – mit dem Blick auf die Eissorten, die zu bunten Ballons werden. Sie beginnen zu schweben, werden immer mehr. Ich halte mich an den Schnüren fest. Wir sind Wolkenpiraten! Ich schnappe Cocos Hand und wir fliegen einfach davon.

»Hui, ich verliere den Boden unter den Füßen«, wundert sich Coco.

»Hab keine Angst, ich halte dich!«, rufe ich ihr zu. Die Ballons werden zu einem Drachen und wir sitzen auf seinem Rücken, brechen durch eine Gewitterfront und …

»Pebbels?«

Blitze zucken und wir wollen ihnen ausweichen, damit unser Eis nicht schmilzt …

»Hallo?« Coco zwickt mich in den Arm. Und … ich bin wieder in der Eisdiele, der Hund und die Kinder sind still.

»Ja?«, frage ich.

Sie wackelt mit den Fingern und ich gebe ihr das Geld.

»Sehr verehrter Herr Eisverkäufer. Wir hätten gerne eine Kugel Karamell für meiner einer. Und Melone für meine beste Freundin«, bestellt Coco für uns beide. Mir fällt auf, dass sie etwas verzweifelt wirkt. Beinahe möchte ich sie trösten.

»Ich hätte so gerne in einem Becher noch eine Kugel Rose, damit meine Freundin probieren und sich merken kann, wie lecker das ist«, redet sie auf den großen Mann in Schürze ein.

»Mir fehlen aber ganze vierzig Cent. Wäre es denkbar, dass ich den Rest mit Freundlichkeit bezahle?«, fragt sie und mir bleibt die Spucke weg.

Der Mann runzelt die Stirn. »Was schwebt dir da vor?«, hakt er interessiert nach.

»Ein Lächeln gepaart mit einer freundlichen Geste«, beeilt sich Coco zu erklären und sieht sich um. »Ich könnte die Tische abwischen?«, schlägt sie vor. Der Mann mit Silberhaar sieht nachdenklich aus, die nächsten Leute stellen sich hinter uns an, um Eis zu bestellen.

»Ich könnte auch Teller abwaschen und dabei ein Lied singen«, lässt Coco nicht locker. Der Herr Eisverkäufer reicht mir meine Kugel Melone und macht auch das Karamell fertig.

»Vielleicht sollten wir lieber verzichten«, schlage ich vor, als mir auffällt, dass die Gäste hinter uns ungeduldig werden. Und diese Regung mag ich gar nicht. Sie sind wie schlechter Geruch, der einem in die Nase steigt und Übelkeit verursacht.

»Auf gar keinen Fall, Pebbels«, raunzt Coco und schaut den Verkäufer auffordernd an. Er zuckt die Schultern, bückt sich und reicht ihr einen Lappen.

»Na gut, dann wisch den Boden dort sauber, wo ihr ihn verschmutzt habt«, fordert er und nimmt die Münzen vom Tresen.

Coco salutiert wie ein Soldat und wirbelt herum. Lächelnd geht sie auf die Knie und schrubbt die nasse Spur weg. Und währenddessen singt sie ein Lied aus einer Oper, das sich furchtbar schräg anhört. Der Eisverkäufer schaut uns mit einem breiten Lächeln nach. Ich schätze, wir haben ihm auch den Tag ein bisschen versüßt und Glitzer draufgestreut.

Kurz darauf sitzen wir draußen, essen unser Eis und zum Schluss das mit der besonderen Währung bezahlte Roseneis.

»Und?«, fragt Coco. »Wie schmeckt es dir?«

Ich nehme noch einen Löffel und überlege.

»Es schmeckt, wie Seife duftet, nur süßer«, stelle ich fest.

»Stimmt genau. Es schmeckt wie ein Garten im Himmel, in dem meine Mama und deine Oma höchstpersönlich die Rosen gezüchtet haben. Mit Liebe und Pfeffer.«

»Wieso mit Pfeffer?«, hake ich nach und schaue hinauf in den Himmel, der jetzt beinahe blau ist.

»Na, ganz einfach. Wie denkst du, können sie denn sonst die Rosenblätter ernten, um daraus Eis zu machen?« Sie hebt ihre Augenbrauen und schaut mich erwartungsvoll an.

»Ich hab's! Sie streuen Pfeffer auf die Blumen und die müssen dann niesen. Dabei verlieren sie einen Teil ihrer Blüten«, kommt es mir in den Sinn und ich sehe Oma vor mir, wie sie diese mit den Händen auffängt und Körbeweise zum Einkochen bringt.

»Jetzt hast du es raus. Genau so wird geerntet. Nicht anders. Keine Rose der Welt würde ihre Blüten freiwillig hergeben«, unterstreicht Coco und lässt mir den letzten Löffel Roseneis.

Ich weiß nicht, wie lange wir noch so dasitzen und in den Himmel gucken. Aber es ist das erste Mal, dass ich es gemeinsam mit jemandem mache. Und was soll ich sagen, es ist einfach mega toll.

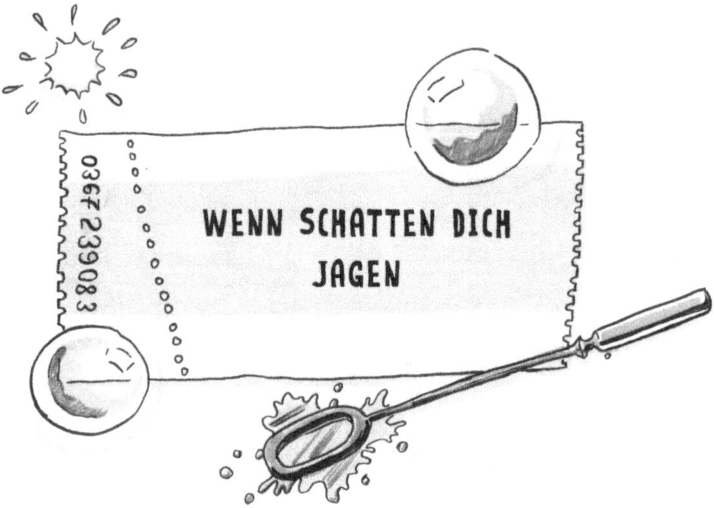

WENN SCHATTEN DICH JAGEN

Es ist kurz vor Sport. Oder anders, es ist kurz vor Panik auf der Titanic, denn ich bin sicherlich die unsportlichste Person auf dem ganzen Planeten.

»Hey, Pebbels«, schreit Mira in mein Ohr und drückt mir ihren rosa Turnbeutel in die Hand. Sie trägt heute einen Pferdeschwanz, der von links nach rechts wippt. »Nimmst du den schon mal mit zur Turnhalle? Wir wollen noch zur Parallel-Klasse. Henry hat Geburtstag und gibt Kuchen aus.«

Henry ist ein netter Kerl und ich würde gerne mitgehen.

Doch ehe ich michs versehe, habe ich noch drei weitere Turntaschen auf dem Arm, die ich schleppen soll. Das nennt man wohl schachmatt in zwei Zügen.

»Pass gut drauf auf«, bittet mich Henriette noch und zeigt ihre silberne Zahnspange beim Lächeln.

»Klar«, verspreche ich widerwillig. »Bringt ihr mir ein Stück Kuchen mit?«, frage ich hoffnungsvoll. Eine kleine Belohnung wäre schließlich angebracht. Die Taschen sind echt schwer.

»Klar«, antwortet Mira und winkt knapp. »Am besten, du bringst unsere Sachen schon mal in die Umkleide, ja?«

Sie hakt sich bei den anderen Mädels ein und tänzelt davon. Dabei wackelt sie seltsam mit dem Hintern. Ein bisschen so, wie die Mädels von Heidi aus der Topmodel-Sendung im Fernsehen. Eigentlich darf ich das nicht gucken, weil Mama die Sendung nicht mag und es doof findet, dass junge Mädchen auf ihr Aussehen reduziert werden.

Apropos Topmodel, schießt es mir durch den Kopf. Maris biegt um die Ecke und schlendert auf mich zu. Er sieht wirklich gut aus, mit seiner neuen Bikerjacke und den Sneakern.

»Hey«, begrüßt er mich und mir fällt vor Schreck Miras Turnbeutel vom Arm.

»Hey«, antworte ich und lächle. Ich frage mich, ob es ein hübsches Lächeln ist. Oder ob ich grinse wie ein gequältes Eichhörnchen. Können die eigentlich lächeln?

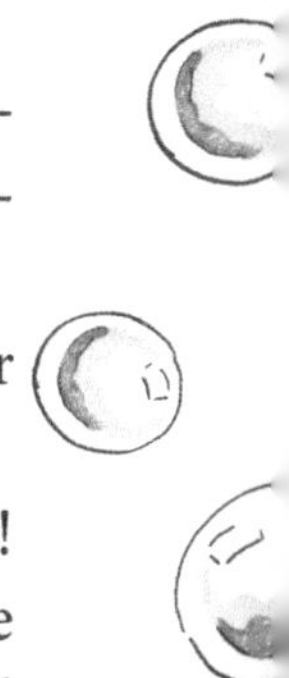

»Ich fand dein Plakat übrigens echt schön«, sagt er zu mir und bleibt stehen.

»D...danke«, stammle ich und spüre, wie ich rot werde. Mist!

»Du kannst echt gut zeichnen«, stellt er fest und ich höre Hochzeitsglocken läuten. Natürlich nur in meinem Kopf. Und was sich noch so alles dort abspielt, verhindert, dass ich verstehe, was Maris sagt.

Eine Tasche nach der anderen fällt mir zu Boden, als ich mich in einem weißen Kleid sehe und mit Maris über einen roten Teppich schwebe. Hach. Wir wären sicher ein sehr hübsches

Paar. Er mit seiner Sturmfrisur, ich mit meinen blonden Zöpfen.

»Hörst du mir zu?«, fragt Maris mich jetzt und mein Grinsen verrutscht. Schnell angle ich nach den Turnbeuteln zu meinen Füßen.

»Klar höre ich dir zu«, antworte ich. Ich habe keine Ahnung, was er gesagt hat.

»Und warum antwortest du mir dann nicht?«

Ich lächle stur. »Wie war die Frage?«

»Ob du mir für die Einladung zu meinem Geburtstag eine Comicfigur abzeichnen würdest?«

»Natürlich.« Er will, dass ich ihm etwas zeichne? Ich sollte mich vergewissern, ob ich dann auch eingeladen werde.

»Was möchtest du denn als Gegenleistung?«, fragt er und schultert lässig seine Sporttasche. Ich raffe die vielen Taschen zusammen und folge ihm. Wir schlagen den schmalen Weg zur großen Halle ein, die sich wie ein riesiger Schuhkarton vor uns auftürmt. Echt hässlich, das Gebäude. Warum hat noch nie jemand eine Sporthalle als Palast gebaut? Treppensteigen ist doch auch Sport.

»Ach, nichts«, antworte ich auf seine Frage und stehe irgendwie neben mir. Mein verärgertes Ich möchte mir gerne einen Tritt verpassen. Es brüllt mir zu, dass ich fordern soll, bei der Party dabei zu sein. Und nicht wieder nur am Rande davon mitzubekommen.

»Bist du dir sicher?«, hakt er nach.

Nein! Bin ich nicht. »Ach, ist schon gut«, winke ich ab.

»Cool, danke dir. Du bist die Beste. Ich bring dir dann alles mit, was du brauchst.«

Ich nicke. Paul wartet vor der Turnhalle auf Maris und nimmt ihn in Beschlag. Und das war es dann mit meiner Hochzeitsplanung.

Später in der Umkleide kommt Mira zu mir.

»Sag mal, wo sind denn meine Sportsachen?« Sie runzelt die Stirn und ihre Augen verengen sich. Ihr Mund hat einen säuerlichen Zug angenommen. Ich deute auf eine Bank in der Umkleide. Henriette und die anderen nehmen ihre Taschen an sich und mir fällt auf, dass eine fehlt. Die rosafarbene von Mira.

Oh oh.

»Du hast sie nicht verloren, oder?« Mira verschränkt die Arme und tippt unruhig mit dem Fuß auf den Boden. Es ist irre laut hier in der Umkleide. Alle reden wild durcheinander. Eva lacht über etwas, das Luna gesagt hat. Koralines Sportschuhe machen quietschende Geräusche auf dem Boden und ich möchte mir die Ohren zuhalten.

»Hey!«, motzt Mira. »Wo ist meine Tasche?!«

Ich versuche mich auf ihre Frage zu konzentrieren, aber ich bin plötzlich echt müde. Was sollte ich für Maris zeichnen?

»Pennratte!«, beleidigt Mira mich nun und ich zucke bei diesem Wort zusammen. Sie sieht kein bisschen schön aus in ihrem weißen Kleid. »Du bist echt zu blöd.«

Ich habe das Gefühl, Schatten würden aus allen Ecken wachsen und drohen, mich zu verschlucken.

»Ich weiß nicht, wo er ist«, gebe ich zu. Wo hatte ich ihn das letzte Mal gesehen? Ach ja, bevor Maris mich angesprochen hat. »Möglicherweise ist er noch auf dem Schulhof?«

»Auf dem Schulhof?«, wiederholt Mira und ihre Augen funkeln böse.

»Ja«, gebe ich noch leiser zu. Einige gucken jetzt zu uns herüber. Andere tuscheln. Die Schatten bekommen hässliche Fratzen und Zähne.

»Na, dann mal hopp«, zischt Mira. »Lauf los und hol ihn!«

Ich trete einen Schritt rückwärts. Eigentlich will ich ihr sagen, sie soll ihn selbst holen. Sie hätte ihn von Anfang an selbst tragen sollen. Und Kuchen hatte sie mir auch nicht mitgebracht.

Als sie einen Schritt auf mich zumacht, renne ich los. Ich stürme aus der Sporthalle in Richtung Schulhof. Dummerweise nur in Unterwäsche, da ich vergessen habe, dass ich noch gar nicht fertig bin mit Umziehen. Ich renne und renne. Und heule, als mich ein Schatten verfolgt. Es ist mein eigener, der mir zu groß erscheint. Und der mich auslacht, weil ich nie Nein sage. Weil ich mich ausnutzen lasse und mich nicht wehre.

Am Nachmittag, als ich in der gelben Telefonzelle stehe, bin ich immer noch traurig. Mira hatte ihren doofen Beutel wiederbekommen, und wir beide einen Eintrag ins Klassenbuch, weil wir zu spät waren. Alle anderen haben gelacht. Und Maris hat mich mitleidig angesehen.

Ich wähle Cocos Nummer und warte.

»Tatütata, die Feuerwehr ist da. Wo brennt es denn?«, kräht Coco in den Hörer. Ich wickle mich in die Telefonschnur ein, fühle mich dadurch ein bisschen beschützt und geborgen.

»Überall«, gebe ich zu und denke an den katastrophalen Tag.

»Das ist ein Problem«, überlegt Coco und schweigt einen Moment. »Es wird einen Augenblick dauern, bis ich mich so oft geklont habe, dass ich zur selben Zeit an allen Orten gleichzeitig sein kann.«

»Musst du nicht, mir würde es schon reichen, wenn wir heute etwas unternehmen könnten«, frage ich und spüre einen Kloß in meinem Hals. Einem Jungen aus der Parallelklasse, Leon, war nicht entgangen, dass ich in Unterwäsche über den Schulhof geflitzt war. Und dann hatte er mich aus der Klasse heraus fotografiert. Der Arsch!

»Das Tor ist offen, komm einfach rein«, sagt Coco. »Und dann schaue ich mir das Problem mal genauer an.«

Ich hänge den Hörer auf und laufe zum Tor. Wie auf ein stummes Kommando setzt es sich durch Zauberhand in Bewegung und lässt mich ein. Mitten auf dem Weg liegen die schönsten Glassteine und bilden meinen Namen. Pebbels. Ich muss lächeln und hebe sie alle auf. Als Coco hinter einem Quietscheentchen-gelben Autowrack hervorspringt, fallen mir zwei davon wieder in den Dreck.

»Wo drückt denn der Schuh?«, fragt sie und ich wundere mich über ihre Aufmachung. Sie trägt Knie- und Ellenbogenschützer und hält ein Seil in der Hand. Als sie daran ruckt, geht das Tor zum Schrottplatz wieder zu.

»Man hat ein Foto von mir gemacht«, versuche ich zu erklären.

»Na so was«, antwortet Coco und legt den Kopf schief. »Du weißt aber schon, dass es entgegen der Meinung einiger indigenen Völker nicht zum Verlust der Seele führt, fotografiert zu werden?«

»Was?«, frage ich verwirrt.

»Na, es tut dir nichts, wenn jemand ein Bild von dir macht. Von mir gibt es schon Hunderte, weil ich so schön bin. Und ich muss gestehen, ich fühle mich ganz famos dabei. Und meine Seele ist auch noch da.« Coco grinst breit und wuschelt sich durch die braunen Locken.

»Das ist nicht das Problem«, flüstere ich und betrachte einen der Glassteine in meiner Hand.

»Was denn dann?«, will sie wissen.

»Ich hab nur Unterwäsche an. Auf dem Foto.«

»Donnerdrummel! Hühnerkacke!«, stößt Coco aus. »Na, das ist natürlich ganz großes Kino.«

Zerknirscht schaue ich sie an. Sie sieht für einen Moment genauso ratlos aus, wie ich mich fühle.

»Ich hoffe, du hast die Bildrechte nicht zu günstig abgetreten.« Coco kratzt sich am Kopf.

»Die was?«, frage ich unsicher.

»Na, du hast alle Rechte an diesem Foto, und wenn jemand damit reich werden will, muss er erst mal einen Vertrag mit dir aushandeln.« Coco schiebt ihre Unterlippe vor.

»Ich hab gar nichts gemacht …« So wahr, so blöd. Ich hätte einem Lehrer Bescheid sagen sollen. Aber es war mir so peinlich! Coco legt ihren Arm um meine Mitte und führt mich in Richtung blauer Halle.

»Lass mich mal machen. Ich klär das, bevor diese Bilder ins Internet gelangen.«

Internet? Oh Gott! Daran habe ich noch gar nicht gedacht.

»Ich, als deine neue Anwältin, werde dich reich machen. Das wäre doch gelacht, wenn wir uns das durch die Lappen gehen lassen. Otto sagt immer: Man muss den Kuchen braten, solange er noch heiß ist.«

»Was soll das denn heißen?« Und wie soll man mit einem so schlimmen Foto Geld verdienen? Und was würden meine Eltern dazu sagen?

»Keine Ahnung, vielleicht, dass man nichts anbrennen lassen soll?« Coco runzelt die Stirn. »Ach, ist ja auch egal.«

»Das wäre alles nicht passiert, wenn ich Miras Turnbeutel nicht getragen hätte«, brumme ich und erzähle Coco die ganze Geschichte.

»Das hört sich wirklich dramatisch an. Ich finde, man sollte ein ganzes Buch über dich schreiben. Die Geschichte einer Ja-Sagerin.« Coco ahmt mit der Hand eine Schlagzeile nach.

»Otto sagt, wer Ja sagt, muss auch Nein sagen. Sonst ist man plötzlich mit mehr als einer Frau verheiratet, hat unzählige Haustiere und einhundert Kinder. Und kein Geld auf dem Konto, um sie zu füttern.«

Ich stelle mir den Elefanten vor, inmitten von Mini-Elefanten und wütenden Ehefrauen, die nichts voneinander wussten. Ob sie ihm einen Knoten in den Rüssel machen würden?

»Ich glaub, ich weiß nicht, wie das geht«, gebe ich zu.

»Was, Nein sagen?« Coco sieht verwirrt aus.

»Ja.«

»Äh, das war schon mal falsch. Sprich mir nach. NEIN.«

»Nein.«

»Moment, jetzt hast du ja schon wieder gemacht, was ich dir sage. Daran müssen wir unbedingt arbeiten.« Sie knufft mich.

»Aber du hast doch gesagt, dass ich …«

»Ach, hummeldumm!«, stößt sie aus und macht einen Ausfallschritt. Ich stolpere.

»Erste Lektion, du musst dich wehren, wenn dich jemand ärgert. Auch wenn man dich aus dem Gleichgewicht bringt, so wie ich gerade«, belehrt sie mich.

»Aber du bist meine Freundin.«

»Gerade dann«, schimpft Coco und sieht beinahe griesgrämig aus. »Du musst auch mal meckern können. Eine echte Freundin versteht das.«

»Aber ich hab Angst davor, jemanden zu verärgern.« Ich habe schon so oft das Gefühl, Leute zu enttäuschen, weil ich nicht gut zuhören kann. Oder Dinge vergesse. Oder aus Versehen jemanden beleidige. Oder etwas vermassle, oder, oder.

»Wieso das denn bloß?« Coco schmunzelt. »Ärger ist das halbe Leben. Ohne Ärger ist Spaß nur halb so schön. Stell dir vor, jeder hätte immer nur Friede, Freude, Eierkuchen. Das wäre so langweilig und was hab ich dir über Langeweile gesagt?« Sie sieht mich auffordernd an.

»Die ist tödlich.«

»Richtig.«

»Aber was ist, wenn ich jemanden wütend oder traurig mache? Ich spüre die Gefühle von anderen so doll in mir selbst.«

»Oh, ich weiß, was du meinst. Wir hatten einmal einen Empathen-Zauberer bei uns im Zirkus. Der war wie ein Spiegel. Der konnte die Emotionen der anderen ganz deutlich fühlen, auch wenn sie es versuchten zu verheimlichen. Das ist fast wie Hellsehen.« Cocos grüne Augen funkeln hinter den Brillengläsern.

»Krass«, staune ich.

»Ja, kannst mal sehen. Vielleicht trittst du irgendwann vor Publikum auf, wie er.« Coco greift nach meinen Händen und tänzelt um mich herum.

»Nee, lass mal. Eigentlich stehe ich nicht so gerne im Mittelpunkt.« Um genau zu sein, hasse ich es. Mama hat mich mal gezwungen, zu Weihnachten ein Gedicht vorzutragen. Ich hab keinen Satz sagen können ohne zu stottern.

»Wieso denn nicht?« Coco bleibt stehen und ich bestaune so etwas wie Eisenbahnschienen, die über einen Berg aus Schrott verlaufen. »Weißt du, was du brauchst?«, fragt Coco plötzlich. »Mut, um Nein zu sagen.« Sie klatscht in die Hände und sieht enorm kampfbereit aus in ihrer Aufmachung, mit den ganzen Knie- und Ellenbogenschützern.

»Du hast so recht«, stimme ich ihr zu. Doch wo bekommt man Mut her, wenn man ihn nicht hat?

»Ich weiß, ich habe immer recht. Es sei denn, ich hab unrecht, aber das kommt selten vor.«

»Du bist witzig.« Es ist super, wie Coco mich immer zum Lachen bringen kann, obwohl ich eigentlich schlecht gelaunt bin.

»Oh, nicht nur das. Ich bin auch ein guter Mutlehrer. Und ich habe einen Plan.«

Im nächsten Moment stehe ich vor einem alten Bollerwagen. Coco klebt mir mit Klebeband gerade ein Kissen vor den Bauch. Dann mehrere kleine um die Beine, Arme und wieder ein großes auf den Rücken. Sie sieht ähnlich seltsam aus und als wir alte Eishockeyhelme aufsetzen, sind unsere Outfits perfekt.

»Und du denkst wirklich, das ist eine gute Idee?«, frage ich skeptisch und betrachte ein weiteres Mal den Wagen, der auf den Schienen steht. Ich blicke die Rampe hinunter, von der aus wir starten wollen. Die alten Achterbahnschienen jagen etwa zwanzig Meter in die Tiefe, bevor sie eine Kurve machen, ihren Weg über Schrottberge fortsetzen und bis zum Haupthaus in den Garten führen.

»Verkackter Mist! Und ob! Um so etwas Dummes zu tun, braucht man eine ganze Wanne voll Mut.«

»Eben«, flüstere ich und beuge mich über den Rand, um zu erkennen, wie tief es hinabgeht.

»Können wir dabei draufgehen?«, frage ich sicherheitshalber.

Coco zuckt mit den Schultern. »Hauptsache, wir gehen nicht drunter«, ist ihre kurze Antwort. »Wenn wir unter die Räder kommen, könnte das wehtun.«

»Ich glaub, ich kann das nicht«, bekomme ich es mit der Angst zu tun.

»Brauchst keinen Dünnschiss kriegen. Ich bin immer dicht hinter dir«, sagt sie und drängelt mich in den Wagen. Ungelenk falle ich auf den Hintern.

»Siehste?« Sie steigt hinter mich und streckt ihre Beine neben mir aus. »Ich halt dich sogar fest.« Ihr rechter Arm legt sich um meine Mitte.

»Kann es losgehen?«, fragt sie und zieht an einer Schnur, die eine Kettenreaktion auslöst. Eine Bowlingkugel wird aus einer Kiste befreit und rollt über eine Rampe. Dann kippt ein Kegel um und ein schweres Bügeleisen fällt in die Tiefe. Das sorgt dafür, dass unsere Bremsen gelöst werden und der Wagen sich in Bewegung setzt.

»Nein!«, ist das Letzte, was ich brülle. Und schon nimmt der Wind mir den Atem.

»Super, es klappt jetzt schon mit dem Neinsagen, ich bin so stolz auf dich!«, antwortet Coco und jauchzt, als es bergab geht. Mein Magen wird zu einem Eisklumpen, als der Bollerwagen wie verrückt wackelt.

Es geht in eine Kurve. Coco streckt, wie bei einer Achterbahnfahrt, die Hände in die Luft. Ich hingegen beiße die Zähne zusammen.

»Das knallt dem Frosch die Locken weg!«, kreischt Coco mir ins Ohr. Der Bollerwagen hebt einen Moment ab und meine Zöpfe, die aus dem Helm gucken, fliegen in die Luft. Jetzt geht es in einer Mordsgeschwindigkeit über einen Schrotthügel.

Was ist nur in mich gefahren, dass ich mich zu so einem Wahnsinn habe hinreißen lassen? Wir werden ganz sicher draufgehen! Autowracks sausen an uns vorbei und die Schienen machen einen Knick nach links. Im nächsten Moment tauchen wir in einen Tunnel aus Traktorreifen ein. Alles ist schwarz und ich schreie auf.

»Ja, ist das scheiße krass!« Coco drückt sich an mich. Unsere Kissen sind so weich und warm. Ich glaube, ich ersticke.

Als wir wieder auftauchen, blendet mich die Sonne und mir bleibt mein Herz stehen. Wir rasen auf einen Abgrund zu. Es geht steil hinab, an einem alten Eiswagen vorbei und in das Maul eines Drachen. Er ist grün mit weißen Zähnen aus Plastik und sicher von einem Freizeitpark ausrangiert worden. Ich mache mich klein, die Zähne schrammen über den Helm und ich muss an Marie-Antoinette denken, die so jung ihren Kopf verlor. Wir rattern eine Weile geradeaus. Alte Staubsauger, Wasserkocher, Toaster und Mistforken sausen vorbei.

»Jetzt kommt der Wasserfall!«, juchzt Coco. Ich brülle, als ich sehe, dass die Schienen vor uns nicht ineinandergreifen. Natürlich rechne ich damit, dass wir entgleisen und unsererseits die Köpfe verlieren. Doch der Schwung, den wir haben, lässt uns fliegen und wir erreichen die nächste Kurve. Vor uns hängen Dutzende alte Gießkannen. Als der Bollerwagen über einen Mechanismus donnert, beginnen sie sich zu neigen. »So eine Ka…« Mein Fluch wird durch einen Schwall Wasser erstickt, der just in diesem Moment auf mich niedergeht.

»Ich bin so gut!«, kreischt Coco, als wir durch den nächsten Wasserfall tauchen. »Es hat alles geklappt!«

Ich huste, dann jagen wir den nächsten Abhang hinunter, direkt auf den Garten neben dem Haus zu. Ich kann es kaum erwarten, bis wir endlich stehen. Meine Hände krallen sich an das Holz des Wagens und als ich von hinten ein »Oh oh« vernehme, ahne ich, dass etwas nicht stimmt.

Wir werden einfach nicht langsamer.

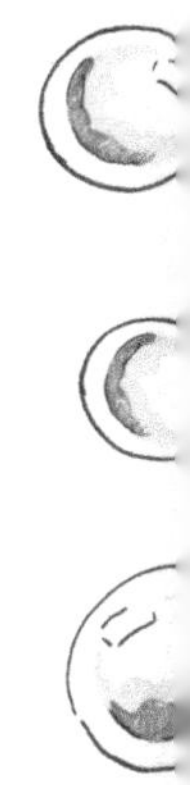

VON HAUSLEHRERN UND RIESENRADKOTZERN

Der Wagen springt von den Schienen und holpert über den Rasen. Coco beginnt zu kreischen. Ich mache mit. Bunte Lilien werden von uns niedergemäht. Blüten fliegen durch die Luft und landen in meinem Helm. Ich sehe nur noch bunt. Und dann graben die Räder sich in die Erde des Blumenbeetes.

»Leck mich am Zeh!« Coco zappelt hinter mir und steigt schließlich aus. Ich zerre mir den Helm vom Kopf, spucke Lilienblüten und kippe mit dem Wagen um. Es tut nicht weh, so gut bin ich gepolstert. Plötzlich erscheint die Planschkuh Gerda am Wohnzimmerfenster und sieht die Zerstörung, die wir angerichtet haben. Ihre Augen werden ganz groß und sie stößt einen durchdringenden Schrei aus. Dann ist sie wieder weg.

»Oje, die gute Gerda ist in Ohnmacht gefallen«, meint Coco und stampft, gehüllt in ihre Schutzkissen, auf mich zu. Ich greife ihre Hand und lasse mich auf die Beine ziehen.

»Rufen wir einen Krankenwagen?«, frage ich erschrocken.

Coco wirft ihren Helm auf den Rasen. »Ist nicht eher der Tierarzt zuständig?«, fragt sie stirnrunzelnd.

»Sie ist doch ein Mensch«, gebe ich zu bedenken und sehe, dass Cocos Brillenglas auf der linken Seite einen Sprung hat.

»Ich bin mir nicht sicher, wer für Planschkühe verantwortlich ist.« Sie zuckt mit den Schultern und denkt nach.

Wie aufs Stichwort kommt Gerda jetzt um die Hausecke gerannt. Sie trägt heute einen anderen Jogginganzug mit Streifen und ihre Frisur erinnert an eine Palme, die vom Kopf absteht.

»Was habt ihr getan?«, fragt sie und ballt ihre dicken Hände zu Fäusten.

Sie tut mir leid und gleichzeitig habe ich auch Angst vor ihr. Gut, dass ich noch gepolstert bin.

»Wir haben eine Mutprobe gewagt, liebe Gerda«, erklärt Coco ziemlich sanft.

»Ihr habt meine Lilien getötet«, kreischt sie und rennt zum Beet. Sie hebt einige der geköpften Blumen auf und ich folge Cocos Blick.

»Mach dir nichts draus«, meint Coco. »Die Rosen haben uns nicht erwischt, das wäre auch blöd gewesen, wegen der Dornen. Dann hättest du bestimmt mit uns zum Arzt fahren müssen.«

»Du«, knurrt Gerda und guckt das Mädchen mit den Locken böse an. »Das wirst du mir büßen«, meint sie.

»Büßen?«, fragt Coco zurück und nimmt ihre Brille ab, um sie am Kissen, das um ihren Bauch gebunden ist, zu säubern.

Sie beäugt den Sprung im Glas. »Buße tun müssen Sünder. Wir haben einen Rekord aufgestellt«, meint Coco. »Ich habe eine Rennstrecke für Überflieger erschaffen, das schreit nach Nobelpreis.«

Ich kann gar nicht so schnell gucken, wie Gerda von einer Ecke zur anderen hetzt, sich die Haare rauft und in eine Schimpftirade verfällt. Coco beginnt, wie verrückt zu brüllen. »Feuer, Feuer! Es brennt. Gerda brennt!«

Ich stolpere rückwärts und falle auf meinen Kissenhintern, neben die unversehrten Rosen.

Plötzlich taucht ein dünner Mann mit Hut auf. Er trägt eine schwarze Aktentasche, die er beinahe vor Schreck fallen lässt, als er das Schauspiel sieht.

»Was ist denn hier los?«, fragt er und schaut Gerda fragend an, die endlich innehält.

»Gut, dass Sie da sind, Herr Kaiser. Ich habe gerade die Schallmauer durchbrochen und festgestellt, dass ich unbedingt eine mathematische Gleichung in Bezug auf Strecke, Geschwindigkeit und Luftwiderstand mit Ihnen durchgehen muss. Wir haben doch heute Mathe?« Coco versucht sich die Kissen abzustreifen und zerrt an den Klebebändern. Ich sitze einfach auf meinem Hintern und glotze von einem zum anderen. Der Mann sieht wenig aus wie ein Kaiser und ich frage mich, ob er wirklich adelig ist oder nur so heißt. Ich tippe auf Letzteres.

»Sehen Sie, was dieses Mädchen wieder angestellt hat?«, fragt Gerda und stapft in Richtung Haus.

»Allerdings«, antwortet der feine Herr. »Trotzdem ist Brüllen in der Kindererziehung nie eine Lösung.«

»Haben Sie eine Ahnung«, schnauft Gerda. »Ich brauche jetzt einen Kaffee.« Die wütende Frau dreht sich noch einmal zu Coco um. »Du räumst hier auf, aber dalli.«

»Ich nehme auch einen Kaffee. Ich wollte sowieso den neuen Stundenplan mit Ihnen besprechen«, meint Herr Kaiser und folgt der aufgebrachten Planschkuh, die wirklich verzweifelt wirkt.

»Coco, das müssen wir wiedergutmachen«, fordere ich von meiner chaotischen Freundin und befreie mich von den Polstern. Ich habe ein mordsmäßig schlechtes Gewissen.

»Mmmh«, überlegt Coco. »Wir könnten die Rosen pflücken und ihr als Geschenk überreichen«, schlägt sie vor.

»Nein, das ist keine gute Idee«, bestimme ich und frage mich, was mit Gerda passiert, wenn wir das auch noch tun würden. Ihr Garten wäre dann vollkommen blumenlos.

Coco stemmt die Arme in die Seite. »Ich hoffe, Nein wird jetzt nicht dein neues Lieblingswort.«

»Nein«, antworte ich nachdenklich. Coco hebt ihre Augenbrauen.

»Bist du dir da sicher, du hast es schon wieder gesagt.« Dann lacht sie und ich stimme vor lauter Aufregung mit ein. Wir lachen und lachen, bis unsere Bäuche wehtun. Dann beginnen wir aufzuräumen und es macht das erste Mal Spaß, für Ordnung zu sorgen.

»Sag mal, wer war denn der Mann?«, frage ich, während wir die zerstörten Blumen auf den Kompost bringen.

»Der Riesenradkotzer?«, fragt Coco. »Das ist mein Hauslehrer. Er ist nett, aber manchmal hab ich das Gefühl, der ist als Baby von der Wickelkommode gefallen.«

»Wie meinst du das denn?« Er sieht doch ganz normal aus. Keine Beule am Kopf und auch sonst …

»Na ja. Du weißt ja, dass man Babys um jeden Preis auffangen muss, wenn die fallen. Denn sonst können die später komisch werden.«

»Wie denn komisch?«

»So seltsam wie jemand, der nie lacht. Oder jemand, der immer lacht. Oder einer, der seine Schuhe nicht binden kann.«

Oh Gott! Hat Mama mich etwa mal fallen lassen? Ich konnte ewig lange Zeit keine Schleife binden. Es war mir zu nervig und auch irgendwie unnötig, weil sie ja eh immer wieder aufging.

»Was guckst du denn jetzt so komisch?«, fragt mich Coco und wirft mit Schwung den Bollerwagen wieder auf die Räder.

»Keine Ahnung«, gebe ich zu und folge ihr in Richtung Halle, von der wir die wilde Fahrt gestartet haben.

»Pass auf, meine liebe Pebbels«, ruft Coco mir zu. »Ich muss jetzt ein bisschen lernen, das geht aber meistens ganz schnell. Und wenn ich den Riesenradkotzer wieder los bin, dann kümmern wir uns um dein Fotoproblem«, verkündet sie.

»Warum nennst du deinen Hauslehrer Riesenradkotzer?«, frage ich mich schon die ganze Zeit. Ob er wirklich schon mal auf dem Jahrmarkt gereiert hat? Auf die Köpfe anderer Gäste womöglich?

»Na, der Herr Hauslehrer hat Höhenangst, der Gute. Und Otto, der Elefant, sagt immer, das sind Leute, die von Schildkröten abstammen und nicht hoch hinauswollen.«

»Im Ernst?« Ob sie bei mir ’ne Schildkröte eingekreuzt haben? Neben der Pennratte natürlich, denn mir wird auch schnell schwindelig, wenn ich auf einer Leiter stehe. Oder beim Sport das Klettergerüst hochmuss.

»Na, wenn es Giraffen gewesen wären, hätten sie wohl kaum Höhenangst«, regt mich Coco zum Nachdenken an.

»Klingt logisch.« Ich glaube nicht, dass es Giraffen gibt, denen schlecht davon wird, weil ihr Kopf fast in den Wolken sitzt. Das wäre ja fatal. Coco winkt zum Abschied und flitzt davon.

Sie ist eine ganze Weile mit ihrem Hauslehrer Herr Kaiser verschwunden und ich gucke solange Löcher in die Luft. Ich denke an Mut in Fläschchen, das wäre echt eine tolle Sache, wenn man es nach Bedarf einfach in den Tee schütten könnte.

Und ich denke an Fotos mit mir als Unterwäschemodel. Oje. Wie komm ich nur aus dieser Geschichte heile raus? Es wird bestimmt nicht allzu lange dauern und es wird von einem Handy zum anderen geschickt. Und ich hab nicht mal ein eigenes und bekomme es nicht mit, wenn es so weit ist. Seufzend vergrabe ich meinen Kopf in den Händen.

Ich weiß nicht, wie lange ich schon so dasitze und grüble, als Coco auftaucht. Zuerst erkenne ich sie gar nicht. Sie trägt einen Hut und ein dunkelgraues Jackett mit Anzughose. Und eine neue Brille mit runden Gläsern ohne Sprung. Sie sieht ein bisschen aus wie meine Mama, wenn sie einen Geschäftstermin hat. Sogar ihre Lippen sind rot angemalt. Echt chic.

»Kann losgehen«, sagt sie und klemmt sich eine Aktentasche unter den Arm.

»Was kann losgehen?«, frage ich irritiert.

»Na, wir werden den Rotzklops besuchen, der dich ungefragt abgelichtet hat, du Dussel.« Sie stöckelt auf High Heels an mir vorbei und ich weiß plötzlich, wieso sie mir so groß vorkommt.

»Moment«, stoße ich aus und renne hinter ihr her. »Was hast du denn vor?«

»Na, die Kohlen aus dem Feuer holen. Das ist eine brenzlige Angelegenheit, aber lass mich nur machen«, meint sie selbstsicher und ich bewundere sie einmal mehr. »Mit feurigen Dingen kenne ich mich aus. Mein Vater ist Flammenwerfer.«

»Ein was?« Ich kenne das Gerät aus dem Fernsehen, das Feuer spuckt und Dinge anzündet.

»Feuerschlucker, meine ich«, korrigiert sich Coco.

»Krass.«

Ich zeige ihr den Weg zu Leons Haus und als Coco ohne zu zögern auf die Klingel drückt, ist mir nach Wegrennen zumute. Unauffällig schaue ich mich nach Fluchtmöglichkeiten um. Man könnte nach rechts, ab durch die Hecke. Oder nach links, direkt über den Zaun.

»Ist keiner da, wir können wieder gehen«, flüstere ich an Cocos Seite, als nicht sofort jemand öffnet.

»Bist du plemplem? Wir gehen nirgendwohin. Wir haben eine Mission zu erfüllen, die einiges an Mut erfordert. Also, denke an meine Worte: Kinn vor, Rücken gerade, Arsch raus und mit den Augen *selber doof* sagen.«

Ich will sie gerade fragen, wie das geht, da öffnet sich die verdammte Haustür.

»Was gibt's?«, fragt Leon und grinst blöd, als er mich erkennt. »Penelope, richtig?«

Ich lächle unsicher zurück und spüre, wie ich blass werde. Er weiß jetzt, dass ich rosa Unterhosen mit Blümchenprint trage.

»Super, guten Tag, schön, dass ich da bin. Meiner einer ist die Anwältin von Penelope Gruber«, zwitschert Coco. »Sie sind sicher Leon, der Junge, der den Tatbestand des unerlaubten Fotografierens in der Öffentlichkeit erfüllt hat.« Coco rückt sich die Brille zurecht und zaubert aus ihrer vornehmen Aktentasche ein Dokument, das mich in Erstaunen versetzt. Es sieht mega förmlich aus, als wäre es aus einem echten Anwaltsbüro.

»Du bist ganz sicher keine Anwältin«, spuckt uns Leon nicht besonders freundlich entgegen und wirft lässig sein Haar zurück. Es sieht ein bisschen so aus, als hätte er ungesunde Zuckungen. Seine dicken Augenbrauen heben sich unruhig.

»Wie recht Sie haben, ich bin noch in der Ausbildung bei meinem Onkel in der Kanzlei *Rechtsverdreher und Partner*. Wobei ich der zukünftige Partner bin. Und er hat mich gebeten, die

Anhörung Ihrer Person einzuleiten, damit wir Sie verklagen und Ihnen die Hosen ausziehen können. Natürlich nur im übertragenen Sinne.« Coco stößt mich sanft mit ihrer Hüfte an.

»Genau«, unterstreiche ich also ihre Aussage und flüstere: »Aber dein Onkel ist doch Schrotthändler.«

Coco bemüht sich um einen neutralen Gesichtsausdruck, weil ich das vor Leon gesagt habe. Mir wird augenblicklich bewusst, wie ungünstig das ist.

»Ich habe viele Onkels. Einer wie der andere können ziemlich böse werden. Ziemlich böse Onkels quasi. Und dieser spezielle ist Staranwalt.«

»Ihr tickt doch nicht ganz sauber«, meint Leon und versucht die Tür zu schließen. Coco stellt ihren Fuß hinein.

»Sauber ist ein gutes Stichwort. Haben Sie häufig schmutzige Gedanken oder warum fotografiert man leicht bekleidete Damen?«, wirft Coco ein und sieht dabei sehr vorwurfsvoll aus.

»Dame? Pebbels ist doch keine Dame. Und du bist auch nicht älter als zwölf.«

Coco geht voran und drängelt sich ins Haus. »Genaugenommen bin ich volljährig. Ich sehe nur so jung aus, ein Gendefekt«, lügt sie und zuckt mit den Schultern. »Es nennt sich Jungbrunnenkrankheit. Heiß begehrt in den USA.«

»Sie spinnen doch«, antwortet Leon und tritt unruhig von einem aufs andere Bein. Erstaunlich, dass er Coco jetzt plötzlich siezt. Also scheint er ihr irgendwie Glauben zu schenken. Ich verkneife mir ein Kichern.

»Sind Ihre Erziehungsberechtigten da?«, fragt Coco jetzt mit ernster Miene. »Die könnten ein Dokument unterzeichnen, dass sie damit einverstanden sind, den Ausgleich zur Nutzung des Bildes von etwa einhundert Millionen Euro zu übernehmen. In diesem Fall dürften Sie das Bild auf jeden Fall behalten.«

Ich räuspere mich unruhig. Natürlich will ich um jeden Preis, dass dieses Foto verschwindet.

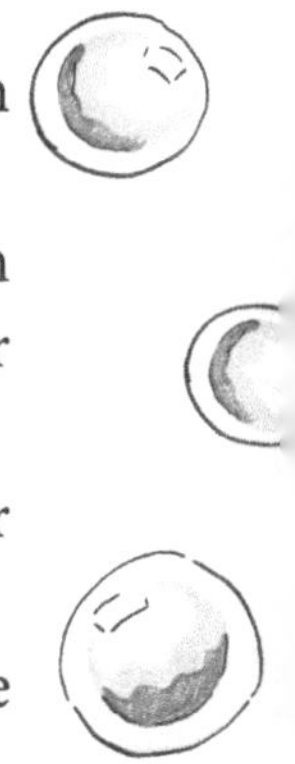

»Was?« Leon wird weiß um die Nase. Allem Anschein nach klappt Cocos Bluff besser als erwartet.

»Nanu, geht's Ihnen nicht gut, Herr Leon? Sie haben doch sicher gewusst, dass es gegen die Datenschutzrichtlinien der vereinigten Europäischen Unionkontinente verstößt, oder?«

»Europäische was? Das gibt's doch alles gar nicht«, meint er und ich hebe einfach mal drohend meinen Zeigefinger.

»Sie sind leider sehr unterinformiert.« Coco packt weitere Zettel aus. Auf dem Briefkopf steht *Rechtsverdreher und Partner GmbH.* »Natürlich könnten wir uns auch darauf einigen, dass Sie das Bild löschen. Wenn es noch niemandem gezeigt und noch nirgendwo im Internet oder sonst wo veröffentlicht wurde, selbstverständlich.« Coco rückt sich ihre Brille zurecht und schürzt ihre rot geschminkten Lippen. »Sie haben es doch nicht etwa …?«

»Na ja.« Leon sieht leicht panisch aus.

»Also, es wäre natürlich sehr schade, wenn es zu einer Massenklage kommen würde. Vielleicht werden Sie dann zur

Adoption freigegeben, wenn Ihre Eltern für den Fehler ein Vermögen zahlen müssen«, macht Coco ihm Angst. Sie legt ihren Kopf schief und schaut ihn ernst an. »Also, wie soll es laufen?«

»Ich lösch das Foto?«, fragt Leon und kramt sein Handy aus der Hosentasche. Er zeigt es Coco.

»Wir müssen es erst begutachten und prüfen, ob es das einzige ist«, meint sie geschäftig.

»Na gut«, murrt er und Coco nimmt ihm das Smartphone aus der Hand.

Ich werde nervös und beginne zu schwitzen. Coco lacht.

»Das ist ja was. Du bist mir aber ein kleiner Witzbold. So etwas fotografiert man doch nicht«, meint sie und ich werfe einen flüchtigen Blick auf das Handy. Es zeigt mich mitten im Sprung zu Miras rosa Turnbeutel. Meine Zöpfe fliegen um meinen Kopf, ich sehe fast aus, als würde ich tanzen. Dabei weiß ich, dass ich in dem Moment gestolpert bin.

»'tschuldigung«, sagt Leon halbherzig. »Aber wer rennt denn auch so rum?«

»Na, Anwärter für den Halbmarathon im Halbbekleidetsein und Turnbeutel schubsen. Aber darum geht es hier jetzt nicht. Die alles entscheidende Frage lautet: Wem hast du es alles gezeigt?«, geht Coco zum Du über.

»Nur Anton«, gibt er zu. »Sie müssen das verstehen, es war wirklich witzig. Und hochgeladen oder verschickt hab ich es noch nicht.«

»Na gut.« Coco löscht das Bild. »Aber sei dir bewusst, dass

die Kanzlei deine sozialen Netzwerke die nächsten Wochen überwachen wird. Sollte das Bild irgendwo auftauchen, wirst du zur Kasse gebeten. Und deine Eltern natürlich«, stellt Coco unmissverständlich klar.

»Genau«, sage ich und trete rückwärts aus der Haustür heraus.

»Schon gut.« Leon sieht geknickt aus. »Sie können sich auf mich verlassen«, meint er und versucht zu lächeln.

Coco dreht sich auf den hohen Schuhen noch mal zu ihm um. »Du solltest über eine Wiedergutmachung für die Unannehmlichkeiten nachdenken. Wie wäre es mit Pralinen für Pebbels? Wir mögen Nussnugat.«

»Geht klar.«

»Sehr schön, dann wünsche ich noch einen sonnigen Tag mit viel Regen«, zwitschert Coco und stöckelt davon.

»Genau«, rufe ich über die Schulter und bin so was von aufgeregt. Hat Coco mir tatsächlich gerade den Hintern gerettet?

»Oh, Coco!«, jauchze ich, als wir aus dem Gartentor laufen. »Du bist die Beste!«

»Ui, hummeldumm und Froschfurz! Du zerquetschst mich noch wie eine Ameise«, murrt sie und ich lasse sie los.

»Danke, danke, danke!« Ich klatsche in die Hände.

»Nur keinen Applaus. Die Nummer war viel zu einfach, als dass sie das verdienen würde«, winkt meine Freundin ab.

»Ich fand's genial. Ich hätte das nie gekonnt.«

»Sag niemals nie. Nie ist ein Unwort und müsste aus dem Duden gestrichen werden«, antwortet Coco und ich sehe, wie ihre Wangen sich rot färben. Es ist ein hübsches Rot, so wie Erdbeeren.

»Dir fehlt nur die Übung, aber das kriegen wir hin«, verkündet Coco und ich hake mich bei ihr unter. Beschwingt trollen wir uns in Richtung Schrottplatz. Und meine Welt ist so in Ordnung wie noch nie.

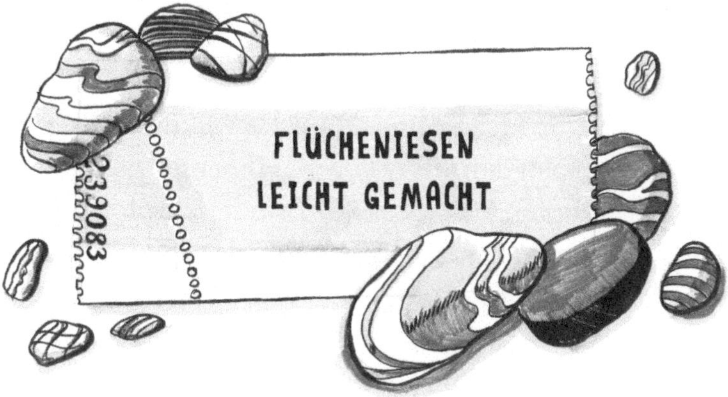

FLÜCHENIESEN LEICHT GEMACHT

In Unordnung hingegen ist meine Büchertasche am nächsten Morgen. Sie ist voll mit Bildern von mir und Coco, die wir bis in den Abend gemalt haben. Wir ergänzen uns sehr gut, sie erzählt mir Geschichten aus dem Zirkus und vom Rummel und ich zeichne sie auf. Schließlich wird es nicht mehr allzu lange dauern, bis Coco mich mit in ihre Welt nimmt. In die des Jahrmarktes zumindest.

Ich bin gerade damit beschäftigt, im Deutschunterricht Elefant Otto auf einem Karussell zu zeichnen, da trifft mich ein Briefchen am Kopf.

Hoppla. Vorsichtig falte ich es auseinander.

Trägst du immer Unterwäsche mit Blumen drauf?, steht da in krakeliger Handschrift und mein Bauch bekommt einen schmerzhaften Knoten. Leon! Dieser Mistkerl! Keine Pralinen und jetzt hat er auch noch sein Wort gebrochen? Bloß nicht heulen, mahne ich mich, und versuche ruhig zu bleiben. Ich wünschte, meine Anwältin wäre hier. Doch bis Coco an diese

Schule kommt, werden noch viele Tage ins Land gehen. Mira, nicht weit von mir, kichert und stupst Henriette an. Ob sie Bescheid wissen? Kam der Brief etwa von ihnen?

»So eine verdammte Eselskacke!«, stoße ich plötzlich ganz laut aus. Es kommt einfach über meine Lippen. Ich schaue mich in der Klasse um, registriere die überraschten Gesichter, in die ich gucke. Ronja, ein Mädchen mit Korkenzieherlocken, hält sich erschrocken die Hand vor den Mund, weil ich vielleicht das erste Mal in meinem Leben geflucht habe.

»Wer war das?«, fragt Frau Kramer, unsere Deutschlehrerin, pikiert und schaut sich um. Ihre Hand schwebt weiter an der Tafel über einem E. E wie Esel. E wie ekliges Gefühl im Magen. E wie, ach egal.

»Penelope«, verpetzt Paul mich tatsächlich und ich werde augenblicklich kleiner auf meinem Stuhl. Frau Kramer kommt an meinen Tisch und ich versuche so schnell wie möglich, die Bilder von Otto zu verstecken.

»Penelope, würdest du bitte den Text abschreiben, wie all die anderen auch?«, fragt sie freundlich und ich nicke eifrig. Meine Zöpfe wippen wie verrückt dabei.

Ich überlege, ob ich ihr von dem Zettel erzählen soll, von meinem beinahe Nacktbild. Mein Mund klappt auf, doch ich habe keine Stimme. In meiner Fantasie male ich mir aus, wie die Erwachsene darauf reagieren würde: Nacktbilder? Das ist eine Sünde. Du musst unbedingt ins Kloster gehen und deine Seele reinwaschen. Oder du endest als eines von Heidis Mädchen auf den Bühnen der Welt. Mamas allerschlimmster Albtraum.

Am Ende der Stunde kommt Paul zu mir geschlendert. »Hey, Blümchen. Wie geht's, wie steht's?«, fragt er mich belustigt und betrachtet das Bild von Otto auf einem Kettenkarussell.

»Gut, wie immer«, lüge ich und wappne mich. Er will mich ärgern, das spüre ich in der Luft. Sie knistert bereits und ich kann die bunten Funken beinahe sehen.

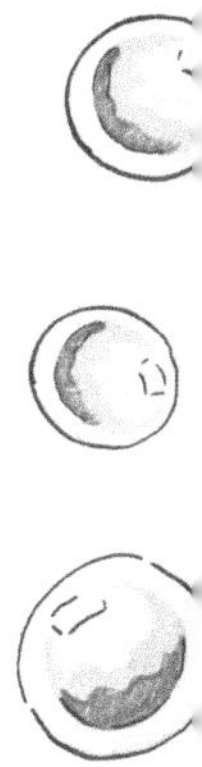

»Ich habe gehört, du siehst echt hot aus in Unterwäsche.« Ich schlucke gegen den Kloß in meinem Hals an. Was würde Coco jetzt antworten?

»Das liegt daran, dass meine Vorfahren direkt aus der Hölle kommen und ich zu einem Teufel werden kann, wenn man mich reizt«, antworte ich. Zugegeben, ich muss noch an meiner Stimmlage arbeiten, wenn ich drohe. Sie sollte nicht so dünn und weinerlich klingen.

»Pf. Versuchst du jetzt, komisch zu sein?« Paul grinst und setzt sich auf meinen Tisch und auf Otto. Grrr.

»Hör zu, ich weiß, dass ich nie so komisch sein werde wie du. Schließlich haben meine Eltern mich nicht so oft fallen gelassen, wie dich die deinen. Aber das macht auch nichts«, sage ich und zerre an meinem Blatt Papier. Dabei reißt Ottos rechtes Ohr ab. »Ahh!«, kreische ich nun und befreie den schmerzhaften Knoten in meinem Magen. »So ein verdämlichter Mist!«

Paul nimmt Abstand und macht ein seltsames Geräusch, das eine Mischung aus Lachen und Angstlaut ist.

»Was ist denn mit dir los?«, fragt er mit einer gewissen Vorsicht und ich angle nach dem Tesafilm in meiner Federmappe, um mein Bild zu kleben.

»Du hast es kaputt gemacht«, werfe ich Paul vor und meine Unterlippe zittert leicht. »Und überhaupt, wer erzählt Geschichten über meine Unterwäsche?«, will ich mich vergewissern.

»Leon, aus der B. Der hat dich gesehen«, meint Paul.

»Gesehen also? Hat er Fotos verschickt?«, hake ich nach und blinzle gegen die Tränen an. Ich starre stur auf die Tischplatte. Hoffentlich merkt keiner, dass ich mal wieder kurz vor Heulsuse stehe.

»Nö, das wäre auf jeden Fall besser gewesen. Aber so wie es aussieht, hat Leon wohl recht mit deiner Vorliebe fürs Blumige«, sieht Paul sich bestätigt.

Ich wette, Coco würde ihm jetzt die Hose runterziehen, um zu gucken, was er so drunter trägt. Das trau ich mich aber in einhundert Jahren nicht.

»Wollen wir über deine Unterhose reden?«, frage ich ihn trotzdem und versuche, dabei ganz selbstsicher zu wirken. Mira und die anderen Mädels haben sich interessiert herangepirscht und beobachten unseren Schlagabtausch.

»Penelope, so direkt kenne ich dich ja gar nicht«, macht Paul sich über mich lustig. In mir summt es regelrecht vor unterdrückter Wut und dann zupft Paul auch noch an einem meiner Zöpfe. »Wenn du mich leichter bekleidet sehen möchtest, musst du dich erst mal hinten anstellen.«

Paul zieht Leine und die Mädels auch. Es ist viel zu laut in der Klasse, wie so oft. Maris zieht sich einen Stuhl heran und setzt sich genau neben mich. Er stützt seinen Kopf mit der Hand ab und ich bewundere seinen schönen Mund. Er hat echt weiße Zähne und sie sind alle total gerade.

»Lass dich nicht so runterziehen«, meint er zu mir und lächelt. Dann schiebt er einen Comic in mein Sichtfeld und deutet auf eine Figur. »Kannst du mir den zeichnen?«, fragt er freundlich und ich höre jemanden über Unterwäsche reden. Irgendwo ganz weit hinten. Vor der Klassenzimmertür bricht ein Tumult los und einige stürmen in den Flur. Dann schrillt die Pausenglocke. Mein Hirn gerät regelrecht in Stress. Es dauert nicht mehr lange und es stellt sich auf Stand-by um. Dann würde ich einmal mehr in Gedanken davonschwimmen. Oje.

Ich starre auf Maris' Mund. Er bewegt sich und ich beschließe, einfach zu lächeln und zu nicken, wenn ich denke, dass er eine Frage stellt. Nach einer ganzen Weile steht er auf und sagt fröhlich: »Gut, ich freu mich drauf. Bin gespannt, wie es wird.«

Oh ja. Und ich erst. Denn ich habe keine Ahnung, ob er mir genaue Anweisungen für sein Geburtstagseinladungsbild gegeben hat oder eben nicht. Mein Lächeln wird schief und meine Hände schwitzen. Den Rest der Stunde rätsle ich darüber nach, wie eine Einladungskarte für einen coolen Typen aufgebaut sein muss.

Am Nachmittag sitze ich im Wohnzimmer und versuche mich mit Wasserfarben an einem Entwurf der Comicfigur. Ich bin mir nicht sicher, ob ich diesen Daredevil irgendwoher kenne oder schon mal von ihm gehört habe. Seine Abenteuer jedenfalls gefallen mir ganz gut. Ich könnte auch mal ein paar Superheldenkräfte vertragen. Erst recht, seitdem ich heute Vormittag nun offiziell von Leon als Loser bezeichnet wurde. Er hatte zwar das Bild wirklich gelöscht, aber jedem, der es hören wollte, davon erzählt.

Mama saugt Staub und kommt mit dem lauten Ungetüm näher. Ich frage mich, warum sie immer alles dreckig findet, wenn ich es mir hier gemütlich mache. Ich flüchte in mein Zimmer, knalle die Tür ins Schloss und fluche wie ein Kesselflicker, Seemann oder eben wie Coco. Und zwar so lange, bis sich mein Ärger in Luft aufgelöst hat und meine Freundin Coco plötzlich den Kopf ins Zimmer steckt.

»Wie ich sehe, haben sie die Affen freigelassen!«, kreischt Coco mir zur Begrüßung entgegen und stimmt in meine Schimpfereien einfach mit ein.

»Über welche Quadratkartoffel motzen wir denn eigentlich?«, fragt sie und springt mit Anlauf auf mein ungemachtes Bett.

»Über Gott und die Welt und den verflixten Staubsauger«, erkläre ich und klettere auch hinauf. Fast stoßen wir mit den Köpfen zusammen, als wir so hüpfen.

»Was ist verkacktnocheins passiert?«, will sie Details.

»Leon ist passiert, er hat den anderen vom Foto erzählt«, berichte ich und werfe ein Kissen durchs Zimmer. Es reißt die Bücher vom Tisch.

»So ein Kirschkernschnitzer!«, brüllt Coco und springt höher und noch höher. Sie berührt mit den Fingerspitzen die Zimmerdecke.

»Und Paul hat mich so fertiggemacht«, berichte ich.

»Der verdammte Steckdosenschlecker. Den sollten wir mit Malkreide auf die Autobahn setzen«, meint sie.

»Ist das nicht gefährlich?«, frage ich nach.

»Eben«, grinst Coco. »Aber in echt würden wir so was ja nicht tun. Aber manchmal muss man sich eben Luft machen. Findest du nicht?« Coco nimmt meine Hände und wir springen im Einklang.

Ich erzähle Coco davon, dass Mira kein nettes Wort für mich hatte. Dass sie mir kein Stück beistand, als die Sache mit dem Foto Gesprächsthema wurde.

»Na, was willst du erwarten?«, fragt mich Coco etwas ernster. »Das liegt in der Natur einer Barbie. Die können nur hübsch in der Gegend stehen und auf ihre Haare aufpassen.« Coco lässt sich auf den Hintern plumpsen und zieht mich vollkommen unerwartet mit nach unten.

»Ich hatte übrigens einen ebenso katastrophalen Tag. Pupskackendämlich, um genau zu sein«, verkündet sie beinahe stolz. Ich frage mich, wie man so fröhlich dabei wirken kann.

»Was ist passiert?«, will ich wissen und komme neben ihr zum Liegen.

»Gerda ist passiert. Sie ist wild geworden, als ich mir ihren Nagellack geborgt habe, um Kackfrosch die Nägel zu lackieren.« Coco schüttelt ungläubig den Kopf. »Es sah so gut aus und passte total zu Kackfroschs braunen Augen.«

»Oha.«

»Da sagst du was. Die Gerda hat echt Haare auf den Zähnen.« Coco hält inne und grübelt. »Nein, da hat jeder Zahn eine eigene Frisur. So ist es.« Wir liegen nebeneinander und schauen uns an. Ich bin noch ganz atemlos vom wilden Springen.

»Was hat sie denn gesagt?«

Coco verzieht ihr Gesicht. »Dass sie mich ins Heim stecken will«, verrät sie, als dürfe das niemand hören. »Das hätte sie nicht gesagt, wenn Onkel Bruno nicht krank im Bett liegen würde. Oh, und das ist übrigens das eigentliche Problem.«

Coco rauft sich die Locken und schaut zu meinem bunten Steinmobile. »Du weißt doch, der Rummel naht. Es dauert nicht mehr lange und wir zwei beide wollen doch hin und den ganzen Jahrmarkt unsicher machen.«

Ich überlege, was genau sie mit unsicher machen meint, aber stimme meiner aufgeregten Freundin zu.

»Und wenn Bruno nicht schnell wieder gesund wird, dann kann es sein, dass die Welt einstürzt. Du weißt schon, die Apokalypse.«

»Was?«, quietsche ich. »Die ganze Welt?«

»Selbstverständlich. Wenn schon, denn schon. Ich weiß nicht, was ich mache, wenn ich meinen Papa dort nicht besuchen darf. Und wenn man uns den ganzen Spaß verhagelt. Findest du nicht, dass dann die ganze Welt mitleiden sollte?«, fragt sie mich, rappelt sich auf und hüpft weiter. »Gerda sagt, ohne Begleitung dürfen wir nicht hin. Also muss Bruno sofort gesund werden.«

Ich hüpfe daneben und falle vom Bett. Es scheppert, als meine Birne die Bücherkiste erwischt. »Autsch!«

»Nanu? Was sollte das denn werden, wenn es fertig ist? Nach einem Salto sah das jetzt nicht aus. Eher wie Otto, wenn er versucht, eine Ballerina zu imitieren.« Coco beugt sich über den Rand des Bettes und reicht mir die Hand. Ich sehe einen Moment lang Sterne und reibe mir den Hinterkopf.

»Das gibt 'ne Beule«, diagnostiziere ich geübt. Ich hatte schließlich schon Hunderte davon.

»Da muss Eis drauf«, rät Coco. »Damit die kleinen Biester, die diese Beule bauen wollen, sich den Arsch abfrieren und ihr Vorhaben einstellen. So macht es Papa immer.«

»Eis«, stoße ich aus und rapple mich auf. »Das ist es!«

»Das ist was?« Coco runzelt die Stirn und rückt sich ihre Brille gerade. »Hat dein Hirn Schaden genommen? Dann sollte dich jemand ins Krankenhaus bringen. Otto, der Elefant, hat sich mal den Kopf angehauen und musste hinterher alles neu lernen. Sprechen, Tröten, Laufen und Witze machen.«

»Nein, ich hab eine Idee«, erkläre ich und meine Gedanken überschlagen sich beinahe. »Wir kaufen ihnen Eis. Für Gerda eines, um sie zu zähmen und für Onkel Bruno, damit es seinem Hals besser geht. Bei meiner Cousine hat es geholfen, als man ihr die Mandeln herausoperiert hat.«

Coco kichert und sieht einen Moment sehr nachdenklich aus. Ich plündere mein Sparschwein und wedele mit einem Fünf-Euroschein.

»Das ist eine herrlich bescheuerte Idee«, zwitschert Coco und drückt mich total doll an ihre Brust. »Und ich weiß auch schon, wen ich zuerst in die Höhle des Löwen schicke. Als Schutzschild sozusagen.« Mir wird etwas mulmig bei dem Gedanken.

»Dich. Du bist die beste Freundin, die ich habe, Pebbels. Ich liebe dich abgöttisch«, plappert Coco weiter und wir stürmen aus meinem Zimmer.

Wenig später haben wir zwei mächtige Portionen Eis für Bruno und Gerda gekauft. Wir stehen etwas unschlüssig vor der Haustür und ich frage mich, warum Coco nicht endlich aufschließt. Stattdessen hält sie den Schlüssel in der Hand und betrachtet ihn eingehend.

»Mach schon, das Eis schmilzt«, fordere ich leise.

»Eile mit Weile, das ist das höchste Gesetz der Gesetzten.«

»Was sind denn Gesetzte?«, will ich wissen und lausche dem Krächzen einer Krähe, die interessiert von einem Baum auf unser Eis guckt.

»Leute gesetzten Alters, die alles mit Ruhe und Gelassenheit machen müssen. Ähnlich wie Balu der Bär, der verwandt mit meinem Onkel Bruno ist.«

Dann schwingt die Tür von ganz alleine auf und mir entgeht nicht, dass sich Coco hinter mir versteckt. Komisch. Was war denn genau passiert, bevor sie weg ist? Gerda sieht ziemlich chic aus. Sie trägt ein Kleid mit rosa Schleife und erinnert an ein Bonbon. Nur der verkniffene Mund ist nicht so süß.

»Was gibt es?«, will sie von uns wissen und schwingt die Tür auf.

»Fang du an«, flüstert Coco mir zu und ich halte die zwei Becher Roseneis hoch.

»Wir, ich meine Coco, möchte sich für ihr schlechtes Benehmen entschuldigen«, flüstere ich.

»Lauter«, fordert Coco und knufft mich. Gerda sieht immer noch so aus, als müsste sie dringend aufs Klo. Oder sich übergeben. Ich weiß nicht so genau.

»Es tut uns sehr leid«, verkünde ich, so laut ich kann, mit Cocos Fingern in den Rippen.

»Ist das so?«, hakt Gerda nach. Sie schaut an mir vorbei zu Coco, die jetzt aus meinem Windschatten tritt.

»Ja, liebe Gerda. Es tut mir alles unendlich leid. Dass ich dich Speckhamster genannt habe und dass ich schneller war, als du mich mit der Fliegenklatschte um den Küchentisch gejagt hast. Und dass du dir dabei dein Knie gestoßen hast und deshalb nicht zum Tanztee deiner Freundinnen konntest«, sagt Coco und verrät das Ausmaß der Auseinandersetzung.

»Und deshalb haben wir hier für dich und für Onkelchen das beste Roseneis der ganzen Welt und des Universums, damit du nicht nur aussiehst wie eine wilde Blume, sondern auch dein Gemüt wie eine erblüht und die Welt verschönt.« Coco nimmt mir einen Becher aus der Hand und übergibt ihn an Gerda.

»Und wirst du denn ab jetzt tun, was ich dir sage?«, traut die gute Planschkuh dem Frieden nicht. Trotzdem lässt sie uns ins Haus.

Coco tänzelt an ihr vorbei und antwortet: »Aber natürlich …« Dann macht sie eine Pause und lächelt gequält. »Wenn es sich nicht vermeiden lässt, selbstverständlich.« Diese Ergänzung gefällt Gerda so gar nicht, doch als sie das Eis probiert, erhellt sich ihr rundes Gesicht.

»Wo ist denn Onkel Bruno?«, fragt Coco und schnappt sich das zweite Eis. »Er ist schließlich der, der gesund werden muss. Geheilt von Roseneis und ganz viel Liebe.«

Es ist toll, wie besänftigend eine Portion Süßes sein kann. Und es ist nicht mal schlimm, dass Coco und ich kein Eis essen, denn die Pläne, die wir jetzt für den Rummel schmieden, sind süß genug.

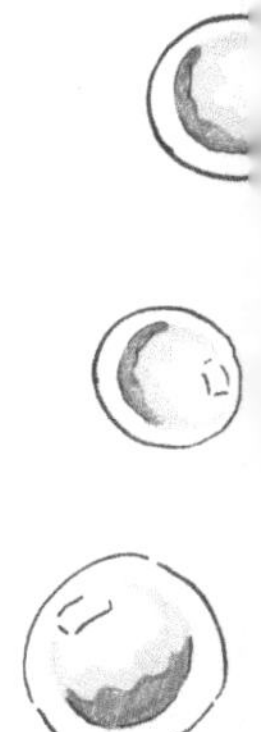

Coco hat mir und sich selbst eine hübsche Krone aufgesetzt, damit jeder uns als Königinnen des Rummels erkennt. Sie trägt sie mit Stolz, ich mit etwas Unbehagen, weil ich mich damit overdressed fühle. Der Hauslehrer, Herr Kaiser, der uns begleitet, sieht das seinem Gesichtsausdruck nach zu folgern ähnlich. Doch Coco schreitet hoch erhobenen Hauptes voran und erreicht den bunten Torbogen, der den Eingang zum Rummel markiert. Viele Leute strömen hindurch. Sie erinnern mich an Ameisen auf dem Weg zu einer Nahrungsquelle. Und wir werden quasi mitgezogen.

»Das ist alles, was ich zum Leben brauche!«, ruft Coco uns zu und wedelt aufgeregt mit den Armen. »Der Duft von Freiheit und Spaß!« Sie kommt zurückgerannt und nimmt mich an die Hand. »Vermischt mit Zuckerwatte, kandierten Äpfeln und Hot Dogs. Hast du Hunger?« Sie hebt fragend ihre Augenbrauen und ich habe keine Ahnung, was ich überhaupt gerade fühle. Hier sind so viele Reize, dass ich total überflutet bin.

»Corinne und Penelope, ich möchte, dass ihr in meiner Nähe bleibt«, mahnt der Riesenradkotzer Herr Kaiser und hat jetzt schon Mühe, mit Cocos Tempo Schritt zu halten. Ich übrigens auch. Alles ist so bunt und laut. Fahrgeschäfte lassen Musik zu uns herüberdröhnen, Schausteller preisen ihre Gewinnmöglichkeiten an und die Gerüche, in Kombination mit den blinkenden Lichtern, machen mich schwindelig. Die ganzen Reize quillen mir quasi schon aus den Ohren raus, metaphorisch gesehen.

»Falls wir uns doch einmal verlieren sollten, treffen wir uns am Riesenrad!«, höre ich den Hauslehrer mit einer gewissen Verzweiflung rufen. Hoppla! Ich bleibe stehen und plötzlich flutscht Cocos Hand aus meiner. Das ist wohl der größte Teddybär, den ich je zuvor gesehen habe. Und er ist so fluffig! Er ist der Hauptgewinn einer bunten Bude. Mein Mund steht offen und ich blicke mich staunend um, betrachte die Einhörner und rosa Flamingos. Bis ungefähr zu dem Zeitpunkt, an dem ich merke, dass die anderen beiden mir abhandengekommen sind. Mist!

»Coco!«, rufe ich und drehe mich um die eigene Achse. Überall Leute. Große, Kleine, Dicke, Dünne. Was hatte der Hauslehrer gesagt, wo wir uns treffen, wenn wir uns verlieren? Plötzlich klimpert etwas nahe an meinem Ohr und ich wirble herum. Es ist Cocos Fahrchipbeutel, den sie wie verrückt schüttelt, und ich atme erleichtert auf.

»Na so was, auf dich muss man echt ganz genau aufpassen«, stellt sie fest und hakt sich bei mir ein.

»Ja.«

»Ich könnte dich an mir festbinden, was meinst du? Das haben wir immer mit unserem Zirkusaffen gemacht, mit einem Gummiseil. Immer wenn er zu weit wegflitzte, spannte sich die Leine und katapultierte ihn wieder zurück zu uns. Das war sehr praktisch. Auf diese Weise konnte er gleich seinen Flugschein machen.«

Wir bahnen uns einen Weg durch die fantastische Welt des Jahrmarkts und ich lausche mit einem halben Ohr Cocos Geschichten, die sie pausenlos erzählt.

Beim Autoskooter beobachte ich ein Mädchen mit ähnlichen Zöpfen wie den meinen. Sie knallt mit ihrem roten Auto in das smaragdgrüne eines Jungen, sodass es richtig scheppert.

»Genial! Das machen wir später auch noch. Den ganzen Dorfhupen müssen wir doch zeigen, wie das richtig geht«, plappert Coco und zieht mich weiter durch die Menschenmenge.

»Aber zuerst müssen wir zur Geisterbahn und meinem Papa Hallo sagen«, erinnert sie mich an das Wichtigste.

Ich bin echt gespannt auf ihren Vater. Ob er genauso verrückt ist wie Coco? Und genauso lustig?

Nach einer Weile, der Hauslehrer ist ganz schön ins Schwitzen geraten, stehen wir vor einem ziemlich düsteren Fahrgeschäft. Es ist riesig und sieht ein bisschen aus wie ein Gruselschloss. Eine grauenvolle Gorillapuppe ragt über uns auf und lacht grollend. Das Geräusch fegt über uns hinweg wie Gewitter und mein Magen wird ganz flau. Die Frau in seiner Hand kreischt schrecklich laut und ich halte mir die Ohren zu. Ich brauche einen Moment, um zu begreifen, dass sie auch nur eine Puppe ist, und kralle mich an Coco fest. Mein Gott, mein Hirn explodiert gleich.

»Hoppla, du hast wohl ganz schön schwache Nerven, wie mir scheint«, stellt Coco fest. »Du solltest sie unbedingt durch Drahtseile ersetzen, damit sie nicht reißen.« Ihre Krone sitzt schief auf ihren Locken und ich taste nach meiner. Ich bin erleichtert, dass sie noch da ist.

»Denn wenn wir erst mal drinnen sind, dann gibt es kein Zurück mehr. Du weißt doch, was passiert, wenn man den Geistern da zeigt, dass man Angst vor ihnen hat, oder?«, fragt sie mich und reiht sich mit mir in die Schlange ein. Ich schiele an den Leuten vorbei zum kleinen Kassenhäuschen. An der Seite hängt eine Fahne, auf der steht: *Willkommen im Reich der Toten. Stürzt euch voller Freude ins Verderben.*

»Nein, was passiert denn dann?«, hake ich nach und werde unsanft von einem Jungen, der sich vordrängelt, an ein Gitter gepresst. So ein Blödföhn.

»Na was wohl? Die werden echt traurig. Wie würdest du dich fühlen, wenn dich jemand sieht und am liebsten wegrennen will? Einige der Monster in der Geisterbahn sind sogar so leicht kränkbar, dass sie ihre Koffer packen und auf Nimmerwiedersehen verschwinden. Dann kann der Laden hier dichtmachen«, regt sie sich auf. »Und alles nur, weil ein Mädchen ihnen das

Gefühl gegeben hat, dass sie hässlich sind.« Coco hat das Kassenhäuschen erreicht und stellt sich auf die Zehenspitzen. Ihr Wuschelkopf versperrt mir die Sicht, also quetsche ich mich neben sie.

»Bitte, für wen darf es sein?«, fragt ein Junge, der etwas älter ist als wir, gelangweilt. Er kaut Kaugummi und schmatzt dabei. Seine Haare haben einen Rostrot-Ton und er trägt ein T-Shirt mit einem Motorrad vorne drauf.

Coco knallt ihm ihre Chips auf den Tisch. »Zwei Königinnen und ein …« Coco dreht sich suchend nach dem Hauslehrer Herr Kaiser um, der den Anschluss verloren hat. Ich entdecke ihn unweit von uns und winke ihm zu. Er sieht mich und eilt herbei.

»Meine Güte, Mädels. Ihr könnt euch doch nicht einfach in Luft auflösen«, schimpft er und reiht sich hinter uns ein. Eine Frau mittleren Alters rümpft darüber die Nase.

»Na, Sie sind mir ja einer, Herr Kaiser. In Luft auflösen ist unsere Spezialität. Fragen Sie mal Pebbels.«

Ich grinse dümmlich. »Und wie viele Leute jetzt?«, fragt der Typ an der Kasse und gähnt. Mir fällt auf, dass er seine Zähne besser putzen sollte, und denke an mein Kinderbuch von Karius und Baktus. Zwei fiese Kerle, die Löcher in Zähne meißeln.

»Wir drei«, bestellt Coco.

Herr Kaiser setzt zu einem Protest an. »Ich? Ich muss nicht, ich würde lieber draußen warten«, meint er und Coco drückt ihm einen Chip in die Hand.

»Seien Sie nicht so ein Karussellbremser. Schließlich müssen sie mich und Pebbels meinem Vater übergeben, richtig?«

Herr Kaiser schluckt. »Apropos übergeben. Das Ding ist doch nicht schnell, oder?«, hakt er nach und legt seine Hand auf seinen Magen. Ich frage mich, ob aus einem Riesenradkotzer ein Geisterbahnspucker werden könnte? Wenn er einen schwachen Magen hat, bestimmt. Ich sehe es schon vor mir, wie ihm schlecht wird und er den Gespenstern entgegenreiert. Wie eklig. Ich glaube, mir wird übel.

»Natürlich nicht, sonst hat man ja nichts von den ganzen Geistern.« Coco lacht über sein Unwissen. »Wenn man da nur durchrast, wird es doch gar nicht gefährlich genug. Die Monster müssen eine reelle Chance haben, einem den Kopf abzubeißen.«

Ich blinzle, folge brav Coco und sehe Monster mit Zähnen, die sich über uns beugen, um uns zu schnappen. Und wir drei sitzen in kleinen Wagen fest, aus denen wir nicht so leicht flüchten können.

»Sag mal, wie meinst du das denn?«, hake ich irritiert nach.

»Das wirst du schon sehen.«

Die Antwort gefällt mir nicht und ich halte sie zurück.

»Kann da was passieren?« So in echt?

»Na klar, man könnte sich den Tod holen«, verkündet sie so laut, dass die Kinder hinter uns ihre Mama ganz ängstlich angucken.

»Wo ist eigentlich dein Vater?«, will der Hauslehrer wissen, während er im Wagen hinter uns Platz nimmt.

»Na, im Reich der Toten. Was haben Sie denn geglaubt«, ruft Coco ihm zu und zieht eine Grimasse in meine Richtung.

Ich zucke zusammen, als die Stange vor uns einrastet und ein Aussteigen unmöglich macht. Jetzt ist alles zu spät. Ich bin gefangen und quasi geliefert. Wir steuern recht langsam auf ein mit Schlangen verziertes Tor zu und ich bin so aufgeregt, dass ich befürchte, in die Hose zu machen.

»Es lebe der Tod!«, kreischt Coco neben mir und sieht dabei fast ein wenig irre aus. Wie eine verrückte Königin des Rummels. Der Wagen, eine Gondel aus zinngrauem und blutrotem Metall, beginnt sich um die eigene Achse zu drehen.

Ach du Schreck!

»Wie kann denn der Tod leben?«, frage ich mich eher selbst. Entweder man ist tot, oder man lebt. Beides geht nicht.

»Das wirst du schon sehen«, verkündet Coco geheimnisvoll und ich erschrecke, als ich das Gerippe auf dem Sitz neben dem Hauslehrer entdecke. War das eben schon da gewesen, oder hatte es sich klammheimlich zu ihm gesellt?

Die Gondel ruckelt und das Tor geht mit einem lauten Scheppern auf. Dahinter verbirgt sich ein Tunnel, in dem sich spiralförmig rotes Licht bewegt. Fast ist es, als beginne man zu fallen. Alles dreht sich.

»Das ist neu«, freut sich Coco und klatscht in die Hände. Ich bin weniger erfreut, eher kurz vor Panik und frage mich, ob es eine Art Notbremse gibt.

Im nächsten Moment verschlucke ich einen Aufschrei, als

eine dicke Spinne sich von oben abseilt und uns beinahe mit ihren dürren Beinen berührt.

Igitt!

Die Fahrt wird schneller. Unsere Gondel wird senkrecht in die Höhe befördert, vorbei an einem Sarg, dessen Deckel plötzlich aufspringt. Graf Dracula schockt mich jetzt weniger, doch die Schatten, die hinter ihm wachsen, tun es umso mehr. Sie scheinen neben uns herzurennen. Darauf bedacht, nicht entdeckt zu werden und uns in Sicherheit zu wiegen.

Alles hier drinnen sieht aus wie in einem uralten Schloss. Graue Mauern und Gänge. An den Wänden hängen Gemälde von Menschen aus dem Mittelalter. Eines zeigt eine wunderschöne Frau, eine Prinzessin mit seidigem Haar, und ich betrachte sie genauer. Als wir beinahe vorbei sind, passiert es. Sie bewegt sich in ihrem Rahmen und schießt auf uns zu. Ihr schönes Gesicht wird zu einer hässlichen Fratze.

»Argh!«

Die furchtlose Coco lacht und ich kralle mich an ihr fest.

»Du machst das echt gut!«, kräht sie in mein Ohr. »Was man von unserem Herrn Kaiser nicht behaupten kann.« Ich höre ihn schrill kreischen. Ein wirklich lustiger Laut, wenn man bedenkt, wie groß er ist. Und als unsere Gondel sich ein weiteres Mal dreht, sehe ich, wie er sich die Augen zuhält. Ich muss kichern.

»Wenn eines der Gespenster hier auszieht, dann wegen ihm«, meint Coco und streckt ihre Hände nach künstlichen Spinnenweben aus.

Ich bin mir nicht sicher, ob ich nur deshalb nicht brülle, weil ich mit den ganzen Eindrücken beschäftigt bin oder weil ich eigentlich keine Angst habe. Das passiert mir manchmal, wenn es hektisch wird. Dann weiß ich gar nicht, wie ich mich fühle. Und auf was ich reagieren soll. Mein Hirn auch nicht.

»Pass auf, jetzt bricht die Hölle los«, prophezeit Coco, während ein weiteres Tor sich krachend öffnet. Ich kann gerade noch die Luft anhalten, als es völlig unerwartet rasant in die Tiefe geht. Lichtblitze erhellen ein grünes Sumpfmonster und wir donnern durch eine Moorlandschaft. Das Gekreische hinter uns erreicht seinen Höhepunkt und ich frage mich, ob wir, falls wir hier lebend rauskommen, mit dem Hauslehrer zum Arzt müssen. Im nächsten Augenblick brechen wir hinaus ans Tageslicht und fahren hoch über den Köpfen der Jahrmarktbesucher am Gorilla vorbei, den ich zuvor von außen betrachtet hatte.

»Das ist ja so aufregend!«, quietsche ich mittlerweile begeistert und kann es fast nicht mehr erwarten, bis wir wieder ins Innere fahren. Herr Kaiser ist etwas blass um die Nase, winkt uns aber tapfer zu.

Es geht weiter durch eine Folterkammer, vorbei an kopflosen Gestalten und ich denke einmal mehr an Marie-Antoinette.

»Pass auf, jetzt müssen wir unbedingt darauf achten, dass wir niemanden beleidigen«, jauchzt Coco, als wir aus einem schmalen Tunnel schießen. »Die Piraten sind von allen am Empfindlichsten und neigen zu Wutausbrüchen.«

Ich kann ihr nicht mehr folgen, denn meine Aufmerksamkeit liegt bereits auf einem halb verwesten Freibeuter, der eine Schatzkiste bewacht. Schauriger Gesang und das Geräusch von Wellen ertönen und ich erahne erneut die Schatten, die uns folgen.

Vor uns fällt ein Skelett wie aus dem Nichts herab und mein Herz macht einen hektischen Satz gegen meine Rippen.

»Gott!«, stoße ich aus.

»Ich verspreche dir, der hat damit nichts zu tun!«, kräht Coco hingerissen und dann wächst der Schatten neben uns zu einem Piraten mit Schwert. Er hat einen Hut auf und sein Gesicht sieht aus wie geschmolzenes Wachs. Aber das ist es nicht, was mich in Aufruhr versetzt. Nein, es ist die Art, wie er sich bewegt. Er ist keine Puppe! Sein Schwert blitzt im Licht, als er es über seinen Kopf schwingt und auf uns zustürmt. Eiskaltes Entsetzen packt mich. Das Gespenst, der Untote, das Piratenmonster ist uns ganz nahe – und es ist echt. So echt wie Coco und ich. Die Waffe saust über uns hinweg und bevor wir im rettenden Tunnel eintauchen können, packt er uns sogar an den Schultern. Jetzt bin ich es, die brüllt. Und Coco macht mit, was mich noch mehr fertigmacht.

»Wir werden alle sterben!«, stoße ich aus.

»Es lebe der Tod!«, grölt Coco und hält plötzlich eine Blume in der Hand. Eine wunderschöne Rose. Wir brechen mit der Gondel aus der Hölle und fahren ins Freie. Der Hauslehrer kauert ziemlich verstört in einer Ecke seines Wagens und klappert mit den Zähnen. Der Sicherheitsbügel schnappt zurück, als wir endlich stehen bleiben und Coco steigt als Erste aus. Als ich erkenne, dass uns etwas aus der Geisterbahn gefolgt ist, erstarre ich. Der Pirat rennt auf meine Freundin zu. Blitzschnell schaue ich mich nach einer Waffe um und finde nur meine Krone auf meinem Kopf. Ich reiße sie hinunter, bereit, dem Piraten damit eine überzubraten. Egal ob dabei ein Zacken abbricht! Doch da hat er sie schon, meine Coco, und reißt sie von den Beinen … und drückt sie an sich. Was zum Teufel? Er küsst sie sogar auf die Wange und Coco nimmt ihm seine Maske ab. Zum Vorschein kommen ähnlich grüne Augen wie die von Coco. Und ein sehr ähnliches Lächeln um die Lippen.

Na so was. Wir haben also tatsächlich Cocos Papa im Reich der Toten gefunden und sogar irgendwie befreit. Krasser Scheiß!

»Meine Königin«, freut der große Mann sich und wirbelt Coco umher.

»Mein Piratenkönig!«, flötet Coco und lacht. »Danke für die Blume.«

»Eine Rose für eine Rose«, antwortet er und mir fällt die Ähnlichkeit zu Bruno auf. Er ist genauso groß, nur schmaler und mit weniger bunter Farbe auf der Haut.

Ich klettere aus der Gondel. Meine Beine fühlen sich an wie Wackelpudding und der Hauslehrer geht ähnlich unsicher über den Holzboden wie ich.

Der Pirat setzt Coco wieder auf die Beine. »Wie ich sehe,

hast du den Schatz gefunden.« Er wackelt mit seinen Augenbrauen.

»Und ob, hast du etwa an mir gezweifelt?«, fragt Coco ihn misstrauisch und runzelt die Stirn. Dann machen sie einen seltsamen Handschlag, der so schnell abläuft, dass ich mir nicht merken kann, wie er funktioniert.

»Ich doch nicht. Zweifelhaft würde ich nie werden.«

Jetzt torkelt Herr Kaiser auf den Piraten zu und streckt ihm die Hand entgegen.

»Sehr schön«, sagt er. »Dann habe ich ja meinen Teil des Jobs für heute erfüllt.« Er sieht sehr erleichtert aus. Fast wie ich, wenn ich eine Mathearbeit hinter mir und mich nicht in der Zeit verzettelt habe.

Cocos Vater wundert sich darüber, dass der Mann so mitgenommen wirkt.

»Hatten Sie etwa Angst?« Sein Mundwinkel zuckt und der Hauslehrer wirkt jetzt etwas pikiert.

»Das ist doch Unfug«, antwortet er. »Ich habe nur keine Zeit für so etwas.«

»Finden Sie meine Aufgabe unwichtig?«, fragt Cocos Vater.

Herr Kaiser räuspert sich. »Auf keinen Fall.«

»Vielleicht sollten Sie öfter mal vorbeischauen, damit Sie den Fünfjährigen in der Bahn die Angst vor den Monstern nehmen können«, scherzt er weiter und erntet ein genervtes Schnauben vom Hauslehrer. Ich ahne, was er denkt. Wie der Vater, so die Tochter. Oder der Apfel fällt nicht weit vom Stamm.

»Lass es gut sein, Papa. Herr Kaiser kann nicht so gut über sich selbst lachen«, erklärt Coco trocken. »Deshalb übernehme ich das auch oft für ihn. Aber sonst ist er ein netter Kerl.«

»Danke, zu gütig von dir, Coco«, sagt der Lehrer unsicher.

»Kein Problem, Güte liegt bei uns in der Familie. Wir haben sogar das Gütesiegel erfunden, das man im Allgemeinen einsetzt, um den Leuten zu erklären, dass etwas gut gemeint ist«, erklärt Coco und ihr Vater schmunzelt über ihre Geschichte.

»Nun ja, gut gemeint ist nicht immer gut gemacht, nicht wahr?«, murrt der Lehrer und verabschiedet sich vorerst von uns. »Ich hole die beiden dann gegen Abend wieder ab, bis dahin übernehmen Sie die Verantwortung, Herr Piaf.«

Ich mag Cocos Nachnamen. Coco Ernestine Piaf, wie der Spatz. Das klingt schön.

»Sie können die beiden Landratten getrost bei mir lassen, Herr Kaiser. Ich werde sie gewinnbringend einsetzen und ihnen beibringen, wie man auf Totenmannskisten tanzt.«

»Gewinnbringend?«, wundere ich mich.

»Schon mal etwas von Kinderarbeit gehört?«, fragt mich Cocos Vater und sein Gesichtsausdruck sieht haargenau so aus wie Cocos, wenn sie an einem Scherz bastelt.

»Ja, aber das ist verboten«, erinnere ich den Piraten, der mir sanft den Kopf tätschelt.

»In der Geisterwelt ist alles erlaubt, Königin Nummer zwei.«

Etwas später tragen wir selbst Monstermasken und sind zu Schatten geworden. Ich grusle mich immer noch am meisten zwischen den ganzen Gespenstern und Ungeheuern und suche meinen Mut. Doch wie immer, wenn man ihn braucht, ist er abhandengekommen. Also stehe ich wie angewurzelt da und zucke erschrocken zusammen, wenn die Wagen kommen und alle Requisiten beginnen, sich im Halbdunkeln mechanisch zu bewegen.

Coco hingegen hat ungeheuren Spaß daran, urplötzlich nahe den Gleisen aufzuspringen und *Buh!* zu brüllen. Sie ist ein echter Kinderschreck. Sie sieht aber auch zum Fürchten aus. Ihre Maske ist ein Zombiegesicht und ihre wilden Locken, die in alle Richtungen abstehen, passen perfekt dazu. Man möchte nur noch flüchten, wenn man sie sieht.

»Komm schon, mach dich ganz klein und wenn die nächste Gondel kommt, dann schreist du sie an«, schlägt Coco vor und manövriert mich neben Graf Dracula. Meine Geistermaske sitzt schief und ich kann nicht gut sehen.

Außerdem muss ich immer zu der Vampirpuppe schielen, wenn sie zum Leben erwacht. Zugegeben, sie ist aus der Nähe nicht halb so hässlich. Trotzdem noch grausig genug, dass mir eine Gänsehaut über den Rücken läuft, wenn sie loslegt.

»Paps zählt auf dich«, ermutigt mich Coco. »Du schaffst das, hau sie alle weg, diese Jammerlappen. Hummeldumm.«

Ich sammle mich. Eines der Tore zur Hölle scheppert und entlässt neue Gondeln in unser Reich. Jetzt geht's los!

Ich hocke mich in die Dunkelheit.

Unweit blitzt es, die Mechanik setzt sich in Gang und einer der Särge in meiner Nähe öffnet sich. Die erste Gondel dreht und schüttelt die Insassen ordentlich durch. Dann springe ich genau in dem Moment auf, als sie sich mir zuwendet. Ein junger Mann mit seiner Freundin reißt überrascht die Arme hoch und verteilt sein Popcorn in alle Richtungen. Mein Herz hüpft. Den hab ich so richtig verjagt!

»So ein Bananenbieger, hast du gesehen, wie der geguckt hat?«, krächzt Coco und kichert. »Perfekt. So sorgst du gleichzeitig für unser leibliches Wohl, Pebbels. Du bist ein Multitalent«, freut sich Coco und sammelt die weißen Popkörner ein.

»Iss das nicht!«, stoße ich besorgt aus und denke an Mamas Ausführungen über Krankheitserreger.

»Wieso nicht?« Coco stopft sich das Popcorn in den Mund und setzt sich auf einen Grabstein.

»Weil es auf dem Boden lag«, antworte ich und zerre mir die Maske vom Kopf, um besser sehen zu können.

»Deswegen ist es doch noch lange nicht schlecht«, meint Coco schulterzuckend. »Denk dran, du lagst auch schon oft auf dem Boden und bist deshalb nicht weniger süß.« Ich kann sie in dem schummrigen Licht kaum erkennen, höre sie aber kauen. »Und außerdem greift hier die Drei-Sekundenregel. Die besagt, dass die Bakterien nicht genug Zeit hatten, die Lebensmittel zu entern. Also wie bei Piraten, die ein Schiff kapern. Denn bevor sie sich mit ihren Seilen an Bord schwingen können, ist das Boot schon wieder weg und sie fallen ins Wasser. Platsch. Hummeldumm erledigt.«

»Das ist Quatsch, oder?«, vermute ich. Denn wenn ein Keks in einen Hundehaufen fällt, ist es doch egal, wie lange er dort drin lag, würde ich sagen. Oder greift da die Regel nicht?

»Das werden wir erfahren, wenn ich vom Essen tot umfalle«, meint Coco gleichgültig. »Willst du auch?«, fragt sie freundlich und ich lehne dankend ab.

Wir huschen wieder in die Schatten und erschrecken den halben Nachmittag die Geisterbahnfahrer. Manchmal habe ich das Gefühl, dass wir nicht die einzigen echten Monster hier drinnen sind. Aber es wäre nicht das erste Mal, dass meine Sinne mir Streiche spielen. Besonders, wenn sie so viel zu tun haben wie heute und langsam, aber sicher müde werden.

Es macht ziemlich viel Spaß in die entsetzten Gesichter zu gucken. Doch der eigentliche Horror beginnt, als wir eine verdiente Pause machen und hinter den Kulissen an der frischen Luft sitzen. Die Sonne geht bereits unter und alle Lichter des

Rummels leuchten und blinken. Sogar bis hinter die Geisterbahn. Cocos Papa, Etienne, hat uns Pommes spendiert und lauscht seiner Tochter, die vom Schrottplatz und Onkel Bruno schwärmt. Und sogar von der Planschkuh namens Gerda, was mich wundert.

Plötzlich kommt ein kleiner Mann um die Ecke, der aussieht wie ein Pinguin. Er trägt einen zu kleinen Anzug und kneift das linke Auge zusammen. Die Fliege um seinen Hals sitzt schief und seine Hand wandert immer wieder unruhig dorthin, um sie zu richten. Ich finde es erstaunlich, wie schnell er geht, trotz seiner kurzen Beine.

»Guten Abend, Chef«, begrüßt Etienne den Mann. Der Fremde wirkt, als hätte er in mindestens drei Zitronen gleichzeitig gebissen.

»Der Abend ist alles andere als gut, Etienne«, setzt er an und ignoriert uns Mädchen. Wie unhöflich. Ich persönlich finde es besonders anstrengend, wenn man ein Lächeln verschenkt und nichts zurückbekommt. Das ist wie ein Tritt vors Schienbein, ähnlich unangenehm. Bei seinem Sohn Jonas, dem Jungen an der Kasse, war mir das auch schon aufgefallen. Als Etienne ihn uns vorhin vorstellte, hatte er nichts Besseres zu tun, als sich darüber lustig zu machen, dass wir in der Bahn mithelfen wollten.

»Was ist denn los, Ernie?«, fragt Cocos Papa und der Mann mit dem Namen aus der Sesamstraße versucht, sich vor ihm größer zu machen, indem er sich auf die Zehenspitzen stellt.

»Es gab Beschwerden«, sagt er und macht eine lange Pause.

»Oje«, rutscht es mir raus, weil ich sofort vermute, dass ich etwas beim Erschrecken falsch gemacht habe. Vielleicht hätte ich es sachter angehen lassen müssen? Ich rekonstruiere meine Gruselmomente, in denen ich den Gästen so einige Schockmomente bescherte. »Ich versuche, es das nächste Mal besser zu machen«, gelobe ich zerknirscht und werde ignoriert.

Komisch.

»Es wurden Diebstähle gemeldet, Etienne. Und so etwas kann ich nicht dulden«, meint Ernie gefährlich leise.

Mein Blick fliegt zu Coco und ihr Mund klappt auf und wieder zu. Ohne dass sie etwas sagt.

»Was soll das denn heißen?«, hakt Etienne nach und legt sein Essen zur Seite.

»Du bist gefeuert, das soll es heißen.« Der Pinguin zuckt zurück, als Etienne einen Schritt auf den kleinen Mann zumacht. Er ist doppelt so groß und mit dem Piratenhut irgendwie auch bedrohlich.

»Das ist ein Scherz.«

»Nein, eher bittere Realität«, antwortet Ernie und zupft wieder an der Fliege an seinem dicken Hals.

»Ich hab damit nichts zu tun«, beteuert der Pirat und wird blass. Aber nicht so kalkweiß wie Coco. »Hör zu, du weißt, ich brauche den Job«, erinnert er den Pinguin, der Anstalten macht, einfach zu gehen.

Cocos Papa versperrt ihm den Weg und faltet bittend die

Hände. Diese Geste passt nicht zu einem Freibeuter und sieht schrecklich falsch aus.

»Etienne, die Bahn ist meine Existenz und wenn sich herumspricht, dass die Gäste während der Gruselfahrt bestohlen werden, dann kann ich einpacken«, erklärt der Pinguin bedauernd und streng zugleich, wie unser Mathelehrer, wenn er über Versetzungsgefährdung redet.

»Du bist der Einzige, der die letzten Tage im Inneren der Bahn zu tun hatte. Und ein betroffener Gast sagte aus, es könnte in der Piratenbucht geschehen sein.« Cocos Vater nimmt den Hut ab, als könne er dadurch seinen Tätigkeitsbereich leugnen.

»Da will mir doch jemand was in die Schuhe schieben«, vermutet er und Coco lässt ihre Pommes mit Ketchup fallen. Sie kommen mit einem dumpfen Plopp auf dem sandigen Boden auf.

»Ich hab dir doch gesagt, du sollst öfter mal barfuß gehen«, mischt sie sich ein. »Das ist gesund und dann kann dir auch keiner was in die Schuhe schieben.« Sie ist so aufgewühlt, dass ich nach ihrer Hand greife, um sie zu trösten. Mir schwant, dass ihr Papa vielleicht schon einmal in eine ähnliche Situation geraten ist. Coco wendet sich an den Chef und sieht dabei gar nicht mehr aus wie eine Königin. »Mein Vater ist ein Lamm, müssen Sie wissen«, sagt sie. »Ein Unschuldslamm und es ist wichtig, dass er Geld verdient. Denn ohne Moos nichts los. Und Schafe brauchen ein Dach über dem Kopf, damit sie keinen Schnupfen bekommen.«

»Tut mir leid, Mädchen. Solange die Angelegenheit nicht geklärt ist, beurlaube ich deinen Papa. Sollte sich alles zu seinen Gunsten aufklären, kann er wiederkommen.« Der Pinguin sieht gar nicht so aus, als hätte er wirklich Mitleid.

»Das ist unfair«, mische ich mich ein. »Wir leben in einem Rechtsstaat. Solange seine Schuld nicht erwiesen ist, gilt ein Angeklagter als unschuldig«, klugscheiße ich und richte an Cocos Stelle meine Krone auf dem Kopf. »Sie dürfen ihn nicht bestrafen für etwas, das er nicht getan hat.«

Papa sagt immer, im Zweifel für den Angeklagten. Auch wenn er weiß, dass ich es war, die das Eisfach aus Versehen offen gelassen und damit für eine Sintflut in der Küche gesorgt hat. Ich wurde schließlich nicht dabei gefilmt oder so … Okay, ich hab es dann später von alleine gestanden und bekam keine Strafe, da ich so ehrlich war.

»Jeder ist sich selbst der Nächste, Mädchen«, erwidert der Pinguin und fordert mit einer Handbewegung die Geisterbahn--Schlüssel von Cocos Vater. Als er geht, eilt Etienne ihm nach und versucht weiter, mit ihm zu reden.

»Hummeldumme Kacke!«, explodiert Coco neben mir. »So ein dämlicher Schimmelschädel! Der hat doch keine Ahnung, mein Papa würde so etwas nie tun.«

Fast denke ich, Coco schrumpft neben mir, als sie ihre Schultern und den Kopf hängen lässt. Ihre Krone rutscht hinunter und ich fange sie auf, als sie fällt.

»Das wird sich alles aufklären«, versuche ich sie zu beruhigen und reiche ihr den Schmuck. Die kleinen farbigen Edelsteine in den Zacken glitzern. Smaragdgrün und Rubinrot. Für einen Moment schwimmen meine Gedanken in Farben davon.

»Und wenn nicht?«, fragt Coco tonlos, nimmt mir die Krone ab und dreht sie in ihren Händen.

»Dann findet dein Vater einen neuen Job.« Es gibt doch noch andere Fahrgeschäfte? Und er ist doch vom Zirkus, er kann Dinge, die kein anderer kann. Feuerspeien, wie ich gehört habe. Er könnte doch als mobiler Grillanzünder durch die Vorstädte tingeln. Das hätte Nutzen und zugleich Unterhaltungsfaktor.

»Du verstehst das nicht«, antwortet Coco mit rauer Stimme.

»Tu ich nicht?« Wenn ich eins weiß, dann dass ich öfter mal was nicht kapiere. Sei es, weil ich nicht richtig zugehört habe oder ich mich nicht richtig konzentrieren kann.

»Wenn mein Papa nicht genug Geld verdient, kann er die Wohnung hier in der Nähe nicht beziehen. Und wenn er keinen festen Wohnsitz hat, darf ich ihn an den Wochenenden nicht besuchen.«

Okay, mein Kapiervorgang wird abgebrochen. »Warum das denn nicht?« Wer sollte so was denn verhindern? Etienne ist doch Cocos Papa? Und er ist nett.

»Weil das ein Gericht entschieden hat. Nach dem Tod meiner Mutter wurde diskutiert, wo ich aufwachsen soll. Deshalb bin ich bei Bruno und seiner Planschkuh gelandet«, erklärt sie und beginnt zu weinen.

Nie im Leben hätte ich gedacht, dass so etwas passieren könnte. Dass Coco etwas so fertigmacht, dass sie aussieht wie ein Häufchen Elend und ihr Tränen übers Gesicht laufen. Oh Gott!

»Mein Papa ist ein Lebenskünstler, musst du wissen. Die leben von der Hand in den Mund und sind vogelfrei. Und das Gericht sagt, die können keine Kinder großziehen, weil die sonst auch zu Vögeln werden. Wo käme das Land denn hin, wenn nur noch Spatzen herumflögen?«

»Das ist doch Unsinn.« Ich lege Coco meinen Arm um die Schulter und krame nach einem Taschentuch. Gut, dass ich immer welche dabeihabe, weil ich selbst so nahe am Wasser gebaut habe.

Was wäre, wenn wir den richtigen Täter überführen?, überlegt mein Hirn auf Hochtouren. Ich konzentriere mich wie bekloppt aufs Denken und bemühe mich, die ganzen Störfaktoren vom Rummel auszublenden. Reicht ja schließlich, wenn mein Kopf selbst ein Rummelplatz mit blinkenden Gedanken und Fragen ist.

»Du willst Sherlock Holmes spielen?«, fragt Coco und schnäuzt laut. Ihr Gesicht erhellt sich etwas.

»So in etwa. Wir kommen morgen wieder und observieren den Tatort«, plappere ich einfach drauflos. »Und übermorgen und … egal, so lange, bis wir den wahren Dieb haben. Und dann kann dein Papa wieder hier arbeiten.«

»Das ist ein Einfall«, gibt Coco zu. »Ich hoffe, es wird kein Reinfall, falls wir nicht noch einmal herkommen dürfen.«

»Das lass mal meine Sorge sein«, sage ich und versuche die

Tatsache, dass ich keinen ausgereiften Plan habe, zu ignorieren. Wir würden auf jeden Fall wieder eine Begleitung brauchen. Ob Bruno fit genug ist und dafür infrage kommt?

Als Cocos Papa Etienne zurückkommt, nimmt er Coco in den Arm und gibt ihr einen Kuss auf die wilden Locken.

»Eine Piratenkönigin weint nicht«, höre ich ihn sagen und Coco gehorcht. Sie wischt sich zornig übers Gesicht und beseitigt die Tränenspuren. Weiß sie denn nicht, dass Tränen genauso reinigend für die Seele sein können, wie Flüche niesen?

»Du hast verkackt noch mal recht, Paps«, zwitschert sie vergnügter, als sie aussieht.

»Wer hat Lust auf Zuckerwatte?«, fragt der Pirat und nimmt uns beide an die Hand. Mich rechts, Coco links.

»Was wirst du tun?«, fragt Coco ihren Vater. »Wirst du dich mit dem Chef duellieren?«

Etienne grinst schief. »Wo kämen wir denn da hin, wenn ich das tun würde? Wir wissen beide, wer gewinnen würde.«

»Na, du natürlich.« Coco sieht ihn verständnislos an.

»Genau so ist es, und dann wäre sein Sohn ganz alleine. Willst du das?« Etienne hebt seine Augenbrauen und guckt ernst auf Coco hinab.

Ich frage mich, ob Duelle überhaupt noch erlaubt sind? Diese Art, einen Streit auszufechten, war im Mittelalter normal, glaube ich. Doch heute kann ich mir nicht vorstellen, dass Leute ungestraft mit Schwertern um ihre Ehre kämpfen.

Coco schaut in die Ferne, sie denkt gründlich nach und schüttelt dann den Kopf. »Nein, sicher nicht. Ich glaube nicht, dass den jemand anschließend haben will. Der ist nicht besonders nett. Und lustig ist der auch nicht.« Coco strafft die Schultern und redet weiter. »Was können Pebbels und ich tun?«, fragt sie voller Elan. »Sollen wir Fallen in der Geisterbahn aufstellen? Wir hätten da auf dem Schrott noch alte Bärenfallen. Da ist der Fuß auch gleich mal ab, wenn man reintritt. Otto, der Elefant, sagt immer, ein Dieb ohne Füße ist ein schlechter Läufer.«

»Kleines, ihr haltet euch da raus. Das ist einzig und allein meine Angelegenheit«, antwortet der Pirat unnachgiebig. Er stoppt sogar, drückt unsere Schultern und schaut uns aus seinen grünen Augen fest ins Gesicht. Zugegeben, ich will sofort gehorchen. Denn wer weiß schon, was Piraten so machen, wenn man nicht brav ist.

Wir strömen mit den Menschenmengen von der Geisterbahn fort. Ich fühle mich wie unter Wasser. Mein Kopf selbst ist ein bisschen wie Zuckerwatte, als wir diese essen und das Treiben auf dem Rummel beobachten. Sie hat einen bitteren Nachgeschmack und als wir endlich nach Hause fahren, habe ich im Halbschlaf einen genialen Einfall.

»Ich hab's!«, stoße ich aus und sehe gerade noch, wie Coco neben mir heimlich eine Träne wegwischt. Mein Herz zieht sich dabei schmerzhaft zusammen.

»Was hast du? Ich hoffe, es ist eine gehörige Portion Mut, denn Detektivarbeiten können gefährlich werden. Und wir haben ja nicht einmal eine Lizenz«, überlegt Coco und ich lehne meinen schweren Kopf an die Rückenlehne des Autos. Herr Kaiser hat uns wieder eingesammelt und fährt jetzt auf direktem Wege zurück zum Schrottplatz, um uns in die Obhut von Bruno und Gerda zu übergeben.

»Brauchen wir denn so was? Eine Lizenz?«, frage ich und reibe mir die Augen. Ich bin von den ganzen Ereignissen total erschlagen. Der Tag war anstrengender als Schule mit Sport und Mathearbeit zusammen. Und das soll was heißen.

»Na ja, James Bond 007 hat eine«, meint Coco leise und nimmt ihre Brille ab, um sie zu putzen.

Nun, soweit ich weiß, hat der eine Lizenz zum Töten. Wir wollen ja nur ein bisschen herumschnüffeln. Niemanden um die Ecke bringen.

»Ich schätze, es reicht, wenn wir eine Detektei eröffnen«, vermute ich. Papa sagt immer, es braucht nur eine Firmengründung und schon ist alles möglich. »Vielleicht kann dein anderer Onkel von *Rechtsverdreher und Partner* uns helfen?«, frage ich Coco und sie schiebt ihre Unterlippe nachdenklich vor.

»Der hat schon genug damit zu tun, uns später aus dem Knast zu holen«, vermutet Coco und grinst schief. Endlich erreicht das Lächeln wieder ihre grünen Augen.

»Quatsch. Wir werden nichts Unrechtes tun«, verteidige ich mein Vorhaben. »Wir fahren ja nur mit der Geisterbahn und steigen lediglich aus, um zu Fuß weiterzugehen und den Laden zu überwachen.«

Coco tätschelt mein Bein und als der Kaiser um eine Ecke

düst, werden wir zusammengedrückt. »Aber das *ist* verboten«, erinnert mich Coco leise und ich kann sehen, wie ihr Hirn beginnt zu arbeiten.

»Dann lassen wir uns nicht erwischen.« Ich bin es, die jetzt ganz cool ist. Und auch wenn meine Gelassenheit nur gespielt ist, fühlt es sich gut an.

»Wenn ich so genau darüber nachdenke, bist du die geborene Schnüfflerin, Pebbels«, meint Coco plötzlich. »Du kriegst mehr mit, als dir lieb ist, wenn ich dein ADS richtig verstehe.«

Ich runzle die Stirn. So kann man es auch sehen. Nur dass es oft die nebensächlichen Informationen sind, die sich in mein Hirn schmuggeln. Zum Beispiel kann ich nach einem Schulhoffußballspiel sagen, wer das rote T-Shirt trug und wer die Nikes-Sportschuhe, aber nicht wer gewonnen hat.

»Mmmh, vielleicht hast du recht«, sage ich trotzdem optimistisch und klopfe Coco aufmunternd aufs Knie.

»Und wie ich recht habe. Du wirst unsere neue Detektei schon schmeißen«, antwortet sie und lächelt.

Ich grinse schief und da fällt mir meine Idee von vorhin wieder ein, die ich Coco ja noch gar nicht erklärt habe. Coco sieht so Hilfe suchend aus, dass mir klar wird: Ab hier muss ich einmal die Führung übernehmen und meine Freundin retten.

»Das alte Nachtsichtgerät, Coco. Wir werden es einsetzen und die Geisterbahn damit überwachen. Wir legen uns quasi auf die Lauer, im Dunkeln. Und wir sind die Einzigen, die wirklich den Durchblick haben.« Dann müssen wir nur noch den Dieb überwältigen, wenn wir ihn erwischen. Ich spüre das ängstliche Kribbeln in meinem Bauch. Was könnte dabei alles passieren? Wir könnten uns tatsächlich den Tod holen, oder etwa nicht? Marie-Antoinette lässt grüßen, ganz kopflos übrigens.

»Das ist eine herrlich bescheuerte Idee, die könnte von mir sein«, zwitschert Coco in gewohnt gelöster Art. Ihre Miene hellt sich auf. Es sieht aus, als würde die Sonne aufgehen und ich spüre, wie ich ganz nahe an einem Mutausbruch bin.

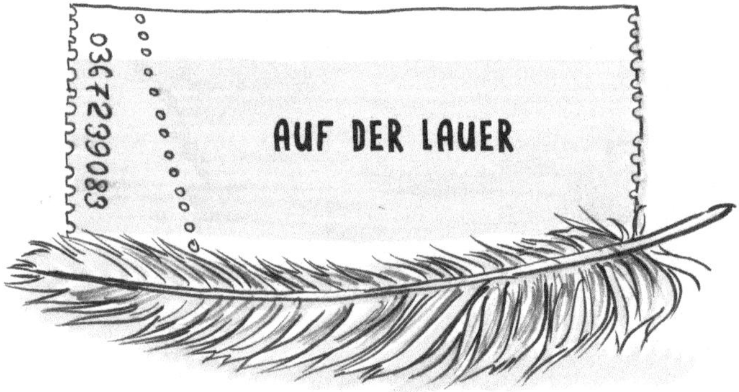

AUF DER LAUER

Ich habe viel zu lange geschlafen und falle mehr aus dem Bett, als dass ich aufstehe. Schnell laufe ich zum Kleiderschrank und ziehe mir die dunkelsten Klamotten an, die ich besitze. Tarnung ist schließlich alles für eine gute Detektivin. Während ich mein graues Rüschenhemd zuknöpfe, überlege ich, was als Nächstes zu tun ist. Ich überfliege meine vielen Zettel. Keine Erinnerung für heute. Ich liebe Sonntage!

Nach einem unruhigen Frühstück mit Cornflakes und einem zeitungslesenden Papa laufe ich zu Coco. Mama sagt, sie hätten heute keine Zeit, um mit uns zum Jahrmarkt zu fahren. Doof. Bleibt also nur Bruno oder Gerda. Ich springe in die gelbe Telefonzelle und rufe Coco an. Es dauert ungewöhnlich lange, bis sie abhebt.

»Elefantenwaschanlage Neu-Delhi? Was wünschen Sie?«, begrüßt sie mich mit einem Scherz. Doch sie klingt nicht so vergnügt wie sonst.

»Lass mich rein, wir müssen reden«, antworte ich.

»Darf ich Ihnen unser Weich- und Flauschigprogramm vorschlagen? Damit glänzen die Ohren ihres Lastentiers besonders schön«, plappert Coco einfach weiter. Im Hintergrund höre ich Kackfrosch zirpen und Lieder pfeifen. Der ist immer gut drauf, egal was kommt. Einen Vogel müsste man haben.

»Mach keinen Quatsch, Coco. Wir haben zu tun und wollen uns doch auf die Lauer legen«, erinnere ich sie an unser Vorhaben.

»Auf der Lauer, auf der Mauer liegt 'ne kleine Wanze«, beginnt sie zu singen und der Vogel stimmt mit ein. Vor lauter Lauer und Mauer wird mir ganz schwindelig und ich zupfe zu fest an der Telefonschnur. Es knistert in der Leitung.

»Machst du jetzt das Tor zum Schrottplatz auf?«, bettle ich.

»Okay, aber ich sag es dir gleich. Bruno ist bettlägerig und wird uns nicht chauffieren können. Deshalb ist die Welt dem Untergang geweiht und nichts kann uns retten.«

»Okay«, antworte ich stumpf und mein Hirn verknotet sich.

»Wir haben noch etwa zehn Minuten, bis die ersten Meteoriten auf die Erde stürzen und uns in die Steinzeit bomben, bevor der Mond aus seiner Umlaufbahn schwirrt und die Erde implodiert.«

Wieso sollte die Erde implodieren und nicht explodieren? Müsste der Planet rein physikalisch nicht auseinanderspringen und nicht in sich zusammenschrumpfen? Ach, egal.

»Okay«, brumme ich und meine Hand, die den schwarzen Hörer hält, beginnt zu schwitzen.

»Wenn du das alles so okay findest, dann komm ruhig rein. Wir werden dann zusammen zur Hölle fahren«, schlägt sie vor. »Bruno und Gerda kommen auch mit, und bestimmt noch einige der Nachbarn und Freunde von der Planschkuh. Das wird ein lustiger Ausflug.«

»Na gut, aber stell sicher, dass ich in Fahrtrichtung sitze, sonst wird mir schlecht«, bitte ich Coco beiläufig und hänge auf.

Endlich bewegt sich das große Tor und ich sprinte auf das Schrottplatzgelände. Coco öffnet mir die Haustür und ich nehme meinen ganzen Mut zusammen.

»Wo ist denn Gerda?«, frage ich meine Freundin, die vollkommen verheult aussieht. Sie erinnert mich an mich selbst, denn ich sehe öfter so aus, als mir lieb ist. Meine Mutter sagt immer, ich habe zu nahe am Wasser gebaut. Aber das gilt doch nicht für Coco!

»Gerda schaut zu, wie unser Geschirr sein Seepferdchen macht«, brummt meine missmutige Freundin.

»Häh?« Manchmal kann ich ihr wirklich nicht folgen. Meine Gedanken gehen baden.

»Sie wäscht ab, meine ich.« Coco schlendert voran in die Küche. Gerda hat Kopfhörer auf, wackelt mit ihrem in Jogginghosen verpackten Hintern hin und her und singt *Atemlos durch die Nacht*. Mir fällt auf, dass Kackfrosch das besser macht. Den Ton treffen, meine ich.

Ich stelle mich neben Gerda und tippe sie an. Sie schnappt

nach Luft und fährt zusammen. So was, bin ich denn der Schreck der Woche?

»Hallo, Frau Gerda, darf ich helfen?«, frage ich nett und zittere dabei, weil ich so aufgeregt bin. Es ist verrückt, was mich alles zum Schwitzen bringt.

»Guten Morgen, Penelope«, begrüßt sie mich und ich angle nach dem Geschirrtuch. Coco verschränkt die Arme vor der Brust und schaut mich skeptisch an.

»So früh schon hier?« Gerda lächelt und ich beginne Teller abzutrocknen.

»Natürlich, ich bin gerne bei euch«, gebe ich zu. »Und der Tag gestern hat mir so viel Spaß gemacht. Hat Coco von der ganzen Aufregung erzählt?«

Coco macht eine Halsabschneidergeste, die mir nicht wirklich etwas sagt. Soll ich etwa den Mund halten?

»Ich hatte früher auch immer viel Spaß auf dem Rummelplatz«, gibt Gerda zu und ich nehme einen weiteren Teller.

Ich winke Coco heran und übergebe ihr das trockene Geschirr, damit sie es in die Schränke sortiert. Auf diese Weise ist die Arbeit schnell getan und Gerda ist zahm wie eine zufriedene Weidedame. Diese Chance nutze ich, um sie zu bitten, uns heute zum Jahrmarkt zu fahren. Auch wenn sie eigentlich der Meinung ist, dass Coco immer so frech zu ihr sei. Ich beteuere, dass wir sehr vernünftige Mädchen sind und uns nicht entführen lassen werden. Wir sind ja schließlich bereits drölf Jahre alt und keine Babys mehr.

Coco ist mehr als beeindruckt von mir und meiner Verwandlungskunst. Und ich erst!

Coco ist genauso farbenfroh angezogen wie ich. Alles in Schwarz und Grau. Als wir die Geisterbahn erreichen, bin ich voller Tatendrang. Wie Coco, die im Rucksack unsere Geräte, auch das alte Nachtsichtgerät, an dem Coco eine Kamera installiert hat, trägt und fröhlich vor sich hin pfeift.

Der Pinguin, Etiennes Chef, sitzt an der Kasse der Gruselbahn und erkennt uns sofort wieder. Ich könnte schwören, er unterdrückt ein Augenrollen, während wir uns brav anstellen. Seine Freundlichkeit wirkt alles andere als echt.

»Nanu, dein Papa ist heute nicht hier«, sagt er zu Coco.

»Aber guter Mann, das weiß ich doch. Er hat gerade ein Bewerbungsgespräch beim Geisterbahn-TÜV. Ich hoffe sehr für Ihr Unternehmen, dass die ihn nicht abwerben, bevor Sie sich entschuldigt haben. Denn jeder weiß doch, wenn der TÜV entscheidet, dass die Geister nicht schaurig genug sind, dann steht eine Scheidung an. Die Trennung zwischen der Bahn und den Geistern, die ausrangiert werden. Und was ist schon eine Geisterbahn ohne Geister«, meint Coco und hebt ihre Augenbrauen. Der Mann kratzt sich an der krummen Nase. »Richtig. Nur eine Bahn, und das ist schon irgendwie langweilig, oder?«, plappert Coco weiter.

»Na gut, dann viel Spaß«, sagt der Mann und schiebt uns die Tickets zu. Ich lächle, so nett ich kann, denn er soll ja keinen Verdacht schöpfen.

»Grützendreck! So ein Seerosengießer«, murmelt Coco säuerlich und hüpft in die erste Gondel. Sie wirft einen bitterbösen Blick zum Kassenhäuschen, in dem der Mann weiter Karten verkauft. »Der wird sich hummeldumm noch eins rundwundern.«

Ja, genau! Noch runder, als er eh schon ist. Ich nehme neben Coco Platz und flüstere: »Und wo steigen wir aus?« Ich kann mich plötzlich wieder daran erinnern, wie schnell die Bahn an einigen Stellen werden kann. Wenn wir zu früh oder zu spät dran waren, könnte das ziemlich üble Folgen haben. Wir könnten wie Bowlingkugeln die ganzen Geister umkegeln.

»Ich würde sagen, bei den Grabsteinen. Oder bei den Piraten«, meint Coco und legt den Sicherheitsbügel nur sacht über unsere Beine, damit er nicht einrastet. Denn sonst wäre ein Aussteigen unmöglich.

Als der Sohn des Pinguins unerwartet neben uns auftaucht, entfährt mir ein kleiner Schreckenslaut. »Argh.«

»Nanu, wen haben wir denn da?«, fragt Jonas und zupft an einem meiner Zöpfe. Wie ich es hasse, wenn jemand das tut. Er drückt den Sicherheitsbügel routiniert in die Verankerung und Coco und ich sehen uns verkniffen an. So ein Mist! Somit sitzen wir fest, im wahrsten Sinne des Wortes.

»Ey, du«, sagt er zu mir. »Dein Hemd ist schief geknöpft.«

Ich schaue an mir herunter.

»Stimmt«, brumme ich und ärgere mich darüber, wie blöd das aussieht.

»Na und?«, meldet sich Coco zu Wort. »Besser schief geknöpft als schief gewickelt, oder?«, fragt sie zurück und der blonde Junge lächelt. »Wenn man als Baby falsch gewickelt wird, hat das unweigerlich Auswirkungen auf die Wahrnehmung. Dadurch entstehen Probleme in der Entwicklung, wie man sieht. Bist du oft schief gewickelt worden?«, fragt sie frech und der Junge lächelt nicht mehr.

Die Bahn setzt sich langsam in Bewegung und wir fahren auf das erste Tor zu. Die Schlangen darauf scheinen zu zischen und sich zu bewegen, während Jonas uns ein Stück begleitet. »Es tut mir sehr leid, was mit deinem Vater passiert ist«, sagt er ernst zu Coco. »Ehrlich.«

Ich bin überrascht über seine Anteilnahme und Coco scheint es ähnlich zu gehen, denn ihr fehlen für einen Moment die Worte.

»Das ist aber nett«, haucht sie dann und er drückt tröstend ihre Hand, bevor wir das Tor erreichen. »Sagt Bescheid, wenn ihr mal mit dem Autoskooter fahren wollt«, ruft er uns noch zu. »Ich habe Freikarten, die kann ich euch schenken.«

Wie nett, denke ich, als wir in die Öffnung fahren und die Dunkelheit uns verschluckt.

Ich erschrecke trotzdem vor den Monstern, obwohl ich ganz genau weiß, wann sie erscheinen. Coco lacht darüber, aber bald nicht mehr, als ihr klar wird, dass wir den Sicherheitsbügel nicht aufbekommen. Als wir an Fahrt aufnehmen, sind wir allerdings froh, dass er da ist. Denn ich bin mir nicht sicher, ob die Fliehkraft uns ohne ihn nicht herausbefördern würde. In der Piratenbucht packt uns plötzlich jemand von hinten. Coco brüllt wie am Spieß.

»Himmel, Arsch und Zwirn!«

Ich versuche zu erkennen, wer denn heute als toter Pirat umgeht, denn Cocos Papa kann es ja nicht sein. Doch die Gestalt verschwindet wieder in den Schatten.

Etwas frustriert steigen wir am Ende der Fahrt aus und schmieden einen neuen Plan. Jede Geisterbahn hat einen Hinterausgang. Oder etwa nicht? Wir müssen ihn lediglich finden.

Mein Herz klopft mir bis zum Hals, als wir wie Einbrecher in das Geisterschloss einsteigen. Es ist mistig dunkel, als die schmale Tür hinter uns zufällt. Überall liegen Kabel herum, über die wir nicht fallen dürfen. Und als ich mich im ersten verheddere, befürchte ich das Schlimmste.

»Pebbels, du bist ja fast wie Otto in einem Porzellanladen«, meint Coco und befreit mich. Sie hat die Nachtsichtfotobrille auf der Nase.

Vorsichtig steige ich über ein Gerippe und verstecke mich in einer Ecke hinter Spinnenweben und einem Zombie. Coco setzt sich zu mir.

»Runter«, kommandiert Coco, als die erste Bahn sich nähert. Die Gondeln drehen sich und die Gäste kreischen. Coco ist ganz still und konzentriert. »Siehst du einen Geist oder so, der sich bewegt?«, fragt Coco mich. Lichter blitzen und Coco nimmt die Nachtsichtbrille ab.

»Nö, ich sehe nichts«, gebe ich zu, während Coco leise jammert.

»Und ich nur Sterne«, sagt sie. »Nachtsichtgeräte sind mordsgefährlich, wenn jemand das Licht anknipst. Ich glaube, ich bin geblendet und jetzt noch blinder als ein Maulwurf.«

Ach herrje. Das auch noch. Es dauert eine Weile, bis Coco wieder besser gucken kann und wir entscheiden uns, die Piratenbucht zu besuchen. Dort gibt es mit Abstand am wenigsten Beleuchtung, die uns blind machen kann.

»Auf der Lauer liegen macht hungrig«, stelle ich fest und mein Magen knurrt laut.

»Sei leise«, mahnt mich Coco, als wir an der Bucht ankommen. »Denk dran, dass hier irgendwo auch ein Pirat umgeht, der nicht mechanisch ist«, erinnert sie mich. »Das muss dann der Dieb sein, logisch, oder?«

Wer sonst, frage ich mich. Obwohl …

»Vielleicht auch nicht. Es könnte doch theoretisch der Sohn des Pinguins sein, der jetzt anstelle deines Papas die Leute erschrecken muss.«

Coco denkt nach. »Wenn wir hier reinkommen, kann es jeder andere Fremde auch. Also, müssen wir nur warten, bis der Dieb vorbeischaut, um seinen Schatz zu vergrößern.«

Coco gibt mir ihre Nachtsichtbrille. »Hier, guck du dich mal um. Ich sehe immer noch Sterne auf dem einen Auge. Ich bin Sternenhagelgeblendet«, scherzt sie flüsternd und grunzt, als sie ein Lachen verschluckt.

Coco hilft mir, das Ding aufzusetzen, und ich blinzle angestrengt. Man kann erstaunlich viel erkennen mit nur einem Auge. Zwar ist alles irgendwie grün, aber die Umrisse werden ganz deutlich.

»Und tu mir einen Gefallen«, flüstert Coco in mein Ohr. »Schau nicht ins Licht. Wenn es angeht, mach die Augen lieber zu.«

Ich blicke mich um. Wir haben echt ein super Versteck, stelle ich fest. Halb verborgen hinter einem Schiffsrumpf und dem Vorhang aus Segel und Takelagen.

Dann wird es laut, als eines der Tore sich scheppernd öffnet. Die Piraten erwachen zum Leben, beginnen zu singen und tanzen. Gerippe klappern, Schwerter werden geschwungen und ich kann alles ganz genau sehen.

Die Gondeln kommen herangefahren und plötzlich erscheint eine unheimliche Gestalt. Sie rennt neben den Schienen her, wie ein dürrer Schatten. Es ist ein Pirat mit Maske, der die Fahrgäste, wie zuvor wir, erschreckt. Die Leute kreischen und der Pirat springt auf eine der Gondeln. Er fährt eine Weile mit und ich kann sehen, wie seine Hand von hinten in die Tasche einer Frau langt.

»Was zum Teufel …«, hauche ich.

»Was ist? Sag schon. Was siehst du?«, flüstert Coco und will mir die Brille wegnehmen.

»Den Dieb«, keuche ich und wehre sie ab.

Das Gespenstergeheule nimmt zu, wird ohrenbetäubend laut.

Plötzlich ist der Piratendieb weg und ich habe Angst, dass er unvermittelt vor uns auftauchen könnte und uns erwischt. Uns vielleicht ins Jenseits befördert, weil wir ungebetene Zeugen sind.

Ich fühle mich beklommen und schaue mich hektisch um. Lichtblitze blenden mich und ich schließe gerade noch die Augen, bevor ich auch nur noch Sterne sehe.

»Wo ist der denn nur, verdammte Ameisenscheiße«, brummt Coco und ich zische sie an, damit sie leise ist. Endlich entdecke ich den Mann wieder, als die letzte Gondel die Piratenbucht verlässt. Augenblicklich wird alles ganz leise und ich halte die Luft an. Coco auch.

Der Dieb geht zu einer großen Schatztruhe, von der ich dachte, sie sei nicht mehr als Dekoration, und schließt sie mit einem großen Schlüssel auf. Es kommen einige Portemonnaies zum Vorschein und ich staune nicht schlecht, als der Typ die Maske abnimmt.

Es ist der Sohn des Geisterbahnbesitzers himself, der die Gäste beraubt. Jonas.

Ich bin mehr als fassungslos und gebe Coco die Nachtsichtbrille. Sie schaut sich das Unrecht ganz genau an und zischt immer wieder leise Flüche vor sich hin. Ich glaube, sie ist so richtig sauer.

»Der Typ scheißt in sein eigenes Nest«, stellt sie fest und versucht ein Foto davon zu schießen, als es wieder lauter wird und die nächsten Gondeln einfahren. Für einen Moment denke ich, der Dieb hat uns entdeckt. Er starrt direkt zu uns herüber und rührt sich nicht mehr. Wie ein Tiger vor dem entscheidenden Sprung. Bevor er die Beute schnappt und frisst.

ALLES HAT EIN ENDE, NUR DIE WURST HAT ZWEI

Ich kann es nicht fassen, wie viel Glück wir haben. Gerade als ich denke, Jonas würde zu uns herüberkommen, klingelt sein Handy und er hat es plötzlich ganz eilig. Wie ein Schatten huscht er davon und verschwindet. Für einen Moment bilde ich mir ein, dass er ein echtes Gespenst ist. Denn nur die beherrschen den Trick, sich in Luft aufzulösen.

Coco flucht während des ganzen Weges vor sich hin und ich bedaure, dass ich kein Paketband habe, um ihr den Schnabel zuzubinden. Wir werden bestimmt noch erwischt.

»Wir müssen Polizisten finden«, raunt sie mir zu, als wir endlich an die frische Luft kommen. Ich habe Schnappatmung von der ganzen Detektivarbeit.

»Ja, aber wo findet man die, wenn man sie braucht?«, frage ich und laufe gegen eine Trennwand, die zwischen einem Wohnwagen und der Geisterbahn aufgebaut ist.

»Wenn du Glück hast, kommt sie von alleine, wegen Sachbeschädigung«, antwortet Coco, als die Abtrennung zu Boden geht.

Es scheppert unendlich laut und übertönt die Jahrmarktgeräusche.

»Upsala«, stoße ich aus und werde von Coco vorangetrieben. Wir umrunden das Hindernis und treffen auf die ersten Leute.

»Ich habe vorhin Polizisten in der Nähe des Bierzeltes gesehen, ich wette, da ist irgendwo ein Nest«, meint Coco und wippt nervös auf den Zehenspitzen. Ihre Brille sitzt schief, aber es scheint sie nicht zu stören.

»Gut, dann laufen wir hin und holen sie«, schlage ich vor. »Wir müssen jetzt ganz schnell sein, damit der Typ seine Beute nicht verschwinden lässt.« Das wäre doof, wenn der doch etwas gemerkt haben sollte und die Beweise versteckt.

»Unbedingt«, stimmt Coco mir zu. In ihren Locken hängen Spinnenweben, ich glaube, diesmal sind sie sogar echt.

»Wo musste der denn eigentlich so schnell hin?«, fragt sie und mein Magen sackt eine Etage tiefer, als ich um die Ecke der Geisterbahn biege und ausgerechnet mit dem Dieb zusammenpralle. Heiliger Strohsack!

»Ihr schon wieder?«, wundert Jonas sich und mir wird flau im Magen, als der dämliche Riesengorilla über uns auch noch sein donnerndes Lachen aussendet.

»Wollt ihr etwa noch mal mit unserer langweiligen Bahn fahren?«, fragt er und verengt seine Augen misstrauisch. Was soll ich nur sagen? Komm schon, Hirn, spuck was Brauchbares aus.

»Schönes Wetter heute.« Oh nee. Nicht so was.

»Ja, du hast recht, Knirps«, antwortet er belustigt. »Es sieht so schön nach Regen aus.«

Er trägt immer noch einen Piratenhut, ähnlich dem von Etienne, und hat weißes Make-up am Hals. Ich schaue hinauf zum Himmel. Wolken türmen sich auf und kündigen Gewitter an.

»Ich mag Regen, der ist so erfrischend«, mischt sich Coco endlich ein und wischt unauffällig die Spinnenweben aus ihrem Haar. »Doch oft hat er eine seltsame Einstellung, findest du nicht auch?«, fragt sie und tritt mutig auf ihn zu. »So von oben herab, das ist doch keine nette Art. Außerdem kommt Hochmut immer vor dem Fall.«

»Ach herrje, da ist immer noch jemand garstig wegen Papi«, stellt unser Dieb fest. »Passt auf, Mädels«, sagt er jetzt ganz leise und als er sich dabei zu uns herunterbeugt, schlägt mein Herz ganz schnell. »Ihr solltet es euch gut gehen lassen.« Ich stimme ihm da vollkommen zu. Der Horror muss unbedingt ein Ende haben. »Hier sind die Skooterkarten, lasst es ordentlich auf meine Kosten krachen«, meint er gönnerhaft und zwinkert wohlwollend. Wenn ich nicht wüsste, was er für ein Arsch ist, würde ich ihn nett finden.

»Und wie wir es krachen lassen werden. Es wird so hart rumsen, dass es dem Frosch die Locken wegknallt«, ist Cocos Antwort, während sie ihm die Karten aus der Hand zupft. Ihr Blick ist eisig und sie reckt ihr Kinn auf eine kämpferische Art vor, die ich mir gerne abgucken möchte.

Kurz darauf drängen wir uns durch die Gänge und die ganzen Gruppen von Besuchern in Richtung Bierzelt. Meine Mutter hatte mir verboten, es zu betreten, da dort das allgemeine Treffen der Schnapsleichen abgehalten wird und Kinder unter ihnen nichts zu suchen haben.

»Der kann was erleben, sag ich dir«, brummt mir Coco zu und macht einen Ausfallschritt, der mich ins Straucheln bringt. »Wenn Otto jetzt hier wäre, der würde ihm den Marsch tröten und sich erst mal gepflegt auf ihn draufsetzen.«

Ich stelle mir das unschöne Bild etwas zu lange vor. Neben uns rauschen die Sitze eines Kettenkarussells vorbei und ich bin fasziniert von den Lichtern des Break Dancers. Ich hätte lieber nach vorne schauen sollen, dann würde ich jetzt keinen Crash verursachen. Denn als Coco meinen Namen ruft, schwinge ich einfach in ihre Richtung. Den Arm mit dem Eis dran übersehe ich. Und der Junge, dem es gehört, bekommt diesen Snack mitten ins Gesicht. Seine Begleiter lachen und ich möchte mich in Luft auflösen. Einmal mehr.

»Hey, Maris«, sage ich atemlos und schaffe es nicht, wegzusehen. Das Erdbeereis hat es bis in seine Nase geschafft und er hustet. Paul macht an seiner Stelle Stress und baut sich drohend vor mir auf.

»Mann, Pennratte, du bist wie die Pest, echt«, begrüßt er mich und schubst mich an der Schulter. Ich taumle. »Dich überlebt man nur schwer und loswerden kann man dich auch nicht so leicht.«

Wie gemein. Mir treten Tränen in die Augen. Das alles ist wirklich etwas viel für meine Nerven.

»Ich bezweifle, dass Pebbels auch nur annähernd so viele Opfer fordert wie eine solche Seuche«, mischt sich Coco ein und schiebt sich schützend vor mich. Dabei fällt mir auf, dass sie etwas größer ist als ich. Mira, ganz in Pink, beäugt meine neue Freundin. Wird das hier etwa ein Klassentreffen? Wer ist denn noch alles hier?

»Wer bist denn du?«, fragt Paul und ich werde das Gefühl nicht los, dass wir eingekreist werden. Äußerst unangenehm.

»Dein schlimmster Albtraum, wenn du Penelope noch einmal anrührst«, antwortet sie. »So ein Geschubse kann weitreichende Folgen haben. Noch nie vom Dominoeffekt gehört?«

Wenn nicht er, dann ich. Meine Gedanken machen das nämlich genau jetzt. Einer stößt den anderen an und sie rauschen ungebremst durch meinen Kopf. Die Hochzeitsglocken für Maris und mich verklingen mit dem Gebimmel des Kinderkarussells. Ich sehe mein weißes Kleid in Flammen aufgehen. Wieso eigentlich? Bin ich schon in der Hölle gelandet, von der Coco meinte, wir würden heut noch hinfahren? Aber wo ist die Planschkuh und ihre Teegesellschaft?

»Soll das eine Drohung sein?«, fragt Paul amüsiert und fixiert Coco mit einem eisigen Blick. Maris wischt sich das Eis fort und Mira hakt sich bei ihm ein. Sind die jetzt ein Paar?

»Natürlich nicht, Drohungen sind etwas für Leute, die kein Karatuzo können und keinen obsidianschwarzen Gürtel tragen. Ich bevorzuge schlagfertige Versprechen der dritten Art. Die sind selten, aber überirdisch und vernichtend.« Coco hebt ihre Hände und lässt sie vor ihrem Körper hin- und herwandern. Ihr Drachenring blitzt im Licht des Break Dancers. Ich frage mich, ob sie blufft.

»Gott, noch so eine Verrückte wie die Pennratte.« Paul tritt trotz seiner großen Klappe zurück, als Coco mit ihrer Hand die Luft teilt.

»Paul, hau sie doch einfach um«, schlägt Mira gleichgültig vor. Ich kann es nicht fassen, dass ich für dieses Mädchen so oft die Schularbeiten übernommen habe. Nur um ihr zu gefallen und dazuzugehören.

»Hör mal, du Stöckelkobold. Lern du erst mal richtig laufen, dann fragt dich vielleicht jemand nach deiner Meinung«, zwitschert Coco und deutet auf ihre hochhackigen Schuhe, auf denen das Mädchen recht unsicher steht. »Du gehst wie auf Eiern, musst du wissen. Und dieses Jahr gilt Eierlauf nicht als Olympische Disziplin.«

Maris und Paul können sich das Lachen nicht verkneifen und ernten einen giftigen Blick.

»Sag mal, spinnt ihr? Auf wessen Seite steht ihr eigentlich?«, fragt sie wütend.

Henriette, die neben ihr steht und ganz normale Turnschuhe trägt, kommentiert: »Ich hab dir gleich gesagt, diese Schuhe sind keine gute Idee.«

»Ach, halt die Klappe«, motzt Mira.

»Da habt ihr es. Und ich bitte uns jetzt zu entschuldigen, wir haben noch wichtige geschäftliche Dinge zu erledigen«, verabschiedet sich Coco. Sie führt mich weg. Maris schaut mir nach, einen Moment denke ich, er will etwas sagen, dann tauchen Coco und ich in den Menschenstrom ein und verschwinden.

Als wir endlich zwei uniformierte Polizisten entdecken, ist in meinem Kopf so viel los, dass ich beginne, Sprechdurchfall zu bekommen. »Hallo, Polizei! Sie müssen sofort zur Beistergahn. Ähm, Geisterbahn«, schreie ich den beiden Beamten entgegen. Der eine ist blond, der andere schwarzhaarig. »Es ist verhext, die Diebstähle, wir haben den Täter. Wir haben alles riskiert, auch ins Bad zu greisen. Nein, ins Gras zu beißen. Sorry, eine Wertverwochslung, argh, Wortverwechslung.«

Die Männer essen gerade Bratwurst und schauen sich komisch an. Als hätten sie gleich Feierabend und keine Lust mehr, etwas von Verbrechen zu hören.

»Sie müssen mit uns kit mommen.«

Coco schaut mich fassungslos an, weil ich den Männern am Jackenärmel hänge und die beiden zutexte. Ich fürchte, meine Impulskontrolle ist jetzt total kaputt. Das kann passieren, wenn mein Hirn vor Informationen und Krach überläuft. Für gewöhnlich werde ich nicht sonderlich aktiv dabei. Meistens fange ich halt nur an, viel dummes Zeug zu reden, oder ich weine, oder ich lache, wenn es nicht angebracht ist.

»Nun mal ganz langsam, Kleine«, meint der Blonde bemüht freundlich und stopft sich den Rest seiner Wurst in den Mund.

»Pebbels, bleib mal lieber locker«, mahnt mich Coco und nimmt meine Hand, die immer noch nach dem Mann in Blau angelt. »Nicht, dass die gleich einen Drogentest bei dir machen wollen.« Coco strafft ihre Schultern und holt ganz tief Luft.

»Also, sehr verehrte Gesetzeshüter, Folgendes: Mein Vater arbeitete bis gestern in der Geisterbahn vom Pinguin. Bis es zu Diebstählen kam, dann wurde er gefeuert.«

Die Männer gucken sich wieder so seltsam an.

»Doch er war es nicht. Und den richtigen Täter haben wir nun entlarvt.« Coco erklärt alles ganz detailliert und ich nicke wie eine Irre dazu. Meine Zöpfe hüpfen wild umher. Mir geht das alles nicht schnell genug. In den Geschichten, die ich so kenne, reitet der Bösewicht jetzt in den Sonnenuntergang, weil die Guten zu spät dran sind.

»Also, was ist jetzt, kommen Sie mit?«, fragt Coco und der dunkelhaarige Mann wischt sich ganz in Ruhe Senf von der Hand.

»Weißt du, Mädchen, wir müssen uns erst mal in der Zentrale erkundigen, ob es Anzeigen gab, okay?«, sagt er dann.

»Nö, das ist jetzt nicht so okay.« Coco malt Anführungszeichen in die Luft. »Warum sind Sie denn so bockig? Ich hoffe, es liegt nicht daran, dass Sie alle immer das Gleiche anziehen müssen, um zur Arbeit zu dürfen. Ich weiß, so was kann aufs Gemüt schlagen, aber wir haben jetzt wirklich keine Zeit für Ihre Komplexe.«

Mir reicht's! Ich hole aus und trete dem Beamten, der mir am nächsten steht, kräftig vors Schienbein. Zugegeben, während ich das mache, merke ich, dass es die dämlichste Idee ist, die man haben kann.

»Respekt«, sagt Coco anerkennend, während der Polizist aufjault. »So viel Trittsicherheit hätte ich dir gar nicht zugetraut, hummeldumm noch eins.«

Der Polizist knurrt mich an, der andere kommt auf mich zu. Er wird allerdings von einem Jahrmarktbesucher zur Seite geschoben. Ich renne los, in Richtung Geisterbahn, Coco dicht hinter mir. Und die Gesetzeshüter auch, sie hängen quasi an unseren Hacken. Geht doch.

»Toll, bei dir haben sie sogar ein Pferd mit eingekreuzt. Du kannst treten *und* rennen. Ich bin sehr begeistert, aber denkst du, es war hilfreich, die Polizei, deinen Freund und Helfer, gegen uns aufzubringen?«, fragt Coco im Laufen.

Ich tauche unter den Armen eines Pärchens hindurch und drängle mich durch die Wartenden der Geisterbahn. Die Puppe in der Hand des Gorillas schreit und ich möchte mitbrüllen, als einer der Polizisten mich dann doch erwischt. Meine Füße verlieren die Bodenhaftung und ehe sich Handschellen um meine Handgelenke schließen können, taucht der Pinguin auf. Er ist sehr interessiert an dem Geschehen vor seiner Geisterbahn.

»Was geht hier vor?«, schnappt er und Coco nimmt kein Blatt vor den Mund.

»Das will ich Ihnen erklären, werter Herr Ernie der Geister-

bahninhaber und Kündiger meines unschuldigen Vaters. Ich muss Ihnen leider mittteilen, dass Ihr Sohn der Dieb ist!« Der Polizist lässt mich runter und ich japse nach Luft.

»So eine …«, beginnt der kleine Mann im Anzug und zupft unruhig an seiner Fliege.

»Unverschämtheit?«, unterbricht Coco ihn und stemmt die Hände in die Hüfte. »Das will ich wohl meinen. Nicht mal ein Kängurubaby kackt in den eigenen Beutel und bescheißt die Eltern. Oder doch?« Sie überlegt einen Moment.

Der Polizist mit den blonden Haaren neben uns räuspert sich. »Tut es doch, die Mutter leckt den Beutel sauber«, berichtigt er Cocos Klugscheißerei.

»Oje, das ist widerlich«, sage ich und möchte die Bilder wieder aus dem Kopf bekommen.

»Na gut, dann müssen Sie den Mist Ihres Sohnes wohl selbst ausbügeln, wie mir scheint«, meint Coco und drückt sich ihre Brille mit dem Mittelfinger auf die Nase.

»Das sind doch haltlose Anschuldigungen«, antwortet der Pinguin und lacht unglücklich. »So etwas würde mein Junge nicht tun.«

»Nicht haltlos, sondern festgeschnallte Anschuldigungen. Wir haben Beweise.«

Coco und ich berichten in allen Einzelheiten, was wir gesehen haben. Und als Jonas die Polizei sieht, versucht er sogar zu türmen. Allerdings ähnlich erfolglos wie ich.

Dann geht alles ganz schnell. Die Bahn und ihre Geister werden vorübergehend stillgelegt und wir gehen alle zusammen in die Piratenbucht.

»Super, ich war schon ewig nicht mehr in der Gruselbahn«, freut sich der blonde Beamte.

»Ich könnte drauf verzichten«, brummt der andere und weicht einem kopflosen Piraten aus. Coco steuert zielsicher auf die Schatzkiste zu und rüttelt am Deckel.

»Und hier haben wir die Totenmannskiste mit dem Diebesgut«, verkündet sie stolz. »Und den Schlüssel hat der Typ dort. Wenn das nicht Beweis genug ist.«

Während sie noch mit dem Finger auf ihn zeigt, leert Jonas seine Hosentaschen. »Ich hab gar keinen Schlüssel«, sagt er und sieht dabei so unschuldig aus wie Nachbars Dackel Kunibert, nachdem er das Hühnchen vom Tisch geklaut hat.

»Das ist doch alles nur Dekoration«, meint der Pinguin. »Es gab nie einen Schlüssel.« Er stellt sich vor die Kiste und ich frage mich, wo er den Schlüssel versteckt haben könnte.

»Die Mädchen haben nur zu viel Fantasie«, fügt er hinzu.

»Mich würde schon interessieren, ob da drinnen etwas ist«, überlegt der blonde Beamte und lüftet seine Polizeimütze. Es ist aber auch stickig hier drinnen.

»Und außerdem ist Ihr Sohn immerhin vor uns weggelaufen. Das sieht nach Schuldeingeständnis aus«, überlegt der andere Beamte und mustert Jonas von unten bis oben. Coco fummelt an ihrer Nachtsichtbrille herum und fängt an zu lachen.

»Ja, wusste ich es doch, ich bin ein verdammtes Genie.«

Ich will mich neben Coco stellen, stürze aber auf dem Weg zu ihr beinahe über die Schienen und werde ausgerechnet vom Dieb aufgefangen.

»Ich hab hier nämlich ein Foto, das den Blödföhn dabei zeigt, wie er den Schlüssel im Totenkopf daneben versteckt.«

Ich befreie mich aus der Umarmung des Überführten, bevor er an Geiselnahme denken kann.

»Das nenn ich mal Arschkanone«, freut Coco sich weiter und ich bekomme ein wenig Mitleid mit dem Jungen, der jetzt sehr zerknirscht aussieht.

»Wie konntest du nur?«, fragt der Pinguin.

»Ich will nicht mehr mit dem Jahrmarkt umherziehen, Papa. Ich möchte auf die Kunsthochschule und die kostet Geld. Viel Geld«, erklärt er und sieht aus, als würde er gleich weinen. Oje. Ich hätte gedacht, es macht mehr Spaß, Bösewichte zu überführen.

Als das Ende des Tages erreicht ist, wird aber alles gut. Der Sohn des Pinguins wird weder hingerichtet noch ins Gefängnis gesteckt. Er bekommt zwar eine Strafe und muss bestimmt demnächst irgendwo Müll aufsammeln oder so, aber sein Vater war nicht lange böse mit ihm. Und das ist doch die Hauptsache, dass die Eltern einen trotzdem lieb haben. Auch wenn man ungeheuerlichen Mist baut und Polizisten tritt.

Cocos Papa Etienne wird wieder eingestellt und bekommt sogar eine Gehaltserhöhung. Also steht der Wohnungsbeschaffung nichts mehr im Wege und Coco ist glücklich.

»Was für ein Tag«, haucht sie, als wir uns verabschieden. Wir sind alle auf dem Schrottplatz von Onkel Bruno zusammengekommen. Meine Eltern lassen sich von Gerda die Ereignisse berichten und Etienne redet mit seinem Bruder, dem er schon lange nicht mehr die Hand gegeben hat.

»Warum waren die eigentlich so sauer aufeinander?«, will ich wissen, während die Brüder sich vorsichtig betrachten.

»Bruno wollte meine Mama heiraten und dann kam mein Papa dazwischen«, flüstert Coco.

Ach herrje. Das nenn ich mal bitter. Zwei Brüder, die die gleiche Prinzessin lieben.

»Na ja, und ich kann Bruno irgendwie verstehen, dass er sauer war«, haucht Coco und schaut zu den beiden Männern, die sich jetzt in die Arme schließen. »Er hat jetzt eine Gerda, das ist natürlich nur ein Trostpreis.«

Gerda bittet meine Eltern zu einer Tasse Tee und schwärmt von Cocos Intelligenz und Erfindungsreichtum.

»Vielleicht ist Gerda gar nicht so schlimm, wie du denkst«, sage ich zu meiner Freundin und setze mich in einen der alten Skooter, die vor einem der Schrotthaufen stehen. Coco klettert neben mich und ich gähne herzhaft. Mann, bin ich müde.

»Das wird sich noch zeigen, wenn sie meine neueste Erfindung findet«, antwortet Coco mit Blick auf die Haustür, die sich hinter Gerda und meinen Eltern schließt.

Bald darauf ertönt ein spitzer Schrei.

»Was hast du getan?«, frage ich vorsichtig.

»Ich hab ihren Staubsaugerroboter zu einer Konfettimaschine umgebaut. Wenn man ins Wohnzimmer kommt, wird er aktiviert und sorgt für eine ordentliche Partyatmosphäre«, berichtet sie stolz. »Wollen wir uns das mal ansehen?« Ihre plötzliche Energie ist ansteckend.

Wir springen auf und rennen zum Fenster. Es ist wunderschön. Der Roboter fährt über den Boden und pustet einen Sturm aus bunten Papierschnipseln durch die Luft. Meine Eltern und Gerda stehen inmitten der Pracht und als Papa schallend loslacht, muss Gerda auch lachen.

»Das ist Corinne, sie hat es sich zur Aufgabe gemacht, mich wahnsinnig zu machen. Aber ich muss zugeben, sie ist enorm kreativ dabei.« Gerda sieht ein bisschen stolz aus und als sie uns am Fenster entdeckt, ist da etwas Warmes in ihrem Blick.

»Ich finde, die Planschkuh sieht sehr hübsch aus in den bunten Wolken«, stellt Coco fest.

»Du hast recht. Sie sieht aus wie eine bunte Schneekönigin.«

»Hummeldummer Mistbeutel, du liegst genau richtig. Wir sollten sie krönen, solange sie noch gute Laune hat«, entscheidet sie und rennt hinein.

Am Ende hat die dicke Gerda Cocos Krone auf dem Kopf. Dann trinken wir alle gemeinsam Tee, bevor es für mich nach Hause und ins Bett geht. Ich wette, ich muss mindestens drei Tage schlafen, um mich von dem Trubel zu erholen.

WIE MAN ÜBER SEINEN SCHATTEN SPRINGT, OHNE HINZUFALLEN

Ich muss zugeben, ich fühle mich, als wäre ich durch die ganzen verrückten Ereignisse mit Coco und dem Rummel gewachsen. Um ganze zwei Zentimeter. Trotzdem habe ich ein bisschen Angst vor dem neuen Schultag. Ob Maris sauer auf mich ist wegen der Eisgeschichte?

Ich laufe auf dem Weg zur Schule an der gelben Telefonzelle vorbei, als es klingelt. Mein Herz macht einen Satz und ich gehe ran.

»Hallo?«

»Selber hallo. Hast du gut geschlafen? Schöne Träume gehabt? Von Räubern und Gendarmen geträumt?«, plappert Coco und lacht. Ich stelle meine Büchertasche auf den Boden und setze mich auf die alten Telefonbücher.

»Nein, ich bin tot ins Bett gefallen und das war's«, erinnere ich mich an den gestrigen Abend. Ich war so müde gewesen, dass ich schlief, ehe mein Kopf das Kissen berührt hat.

»Na, dann kannst du ja froh sein, dass du wieder auferstanden bist. Das geht ganz sicher nicht jedem so, musst du wissen. Nur Jesus, und der ist jetzt trotzdem nicht mehr da.«

»Stimmt«, überlege ich. »Musstest du noch aufräumen?«

Ich frage mich, wie lange es dauert, Konfetti aufzulesen.

»Nein, ich hab einfach den Staubsauger wieder umgebaut, dann hat er tadellos seine Arbeit gemeistert.«

»Ein Glück«, antworte ich und meine Armbanduhr piepst leise. Ich muss mich beeilen, wenn ich noch rechtzeitig in die Schule kommen will. Die Idee mit der Uhr kam von Etienne, der sie mir auch gleich geschenkt hat.

»Das ist kein Glück, Pebbels. Das ist Können. Und jetzt geh was lernen, damit wir demnächst die Weltherrschaft an uns reißen können.«

»Ich sehe schon, du hast Pläne«, sage ich und werde ganz zappelig. »Am besten, du klärst mich auf, wenn ich dich besuchen komme.« Ich öffne die Tür und laufe los.

Wer braucht schon die Weltherrschaft? Mir wäre Frieden auf Erden und in der Schule schon genug. Ich male mir ein harmonisches Miteinander aus. Ein Paul, der meine Tasche trägt, eine Mira, die ernsthaft an meiner Person interessiert ist und mir zuhört, wenn ich mit ihr spreche. Was für Hirngespinste.

Ein Glück merke ich schnell, dass ich meine Büchertasche in der Telefonzelle vergessen habe, und sprinte zurück. Ich kann Coco beinahe kichern hören über meine Schusseligkeit.

Nachdem ich sie geholt habe, renne ich zur Schule. Ich bin sogar zwei Minuten vor dem Klingeln auf meinem Platz.

Ich verstehe Mathe zwar einmal mehr nicht, bin aber zuversichtlich, dass Coco es mir heute Nachmittag erklärt. Denn mit Zahlen kann sie mehr anfangen als ich.

In der nächsten Pause ist es dann so weit. Ich nähere mich vorsichtig dem Tisch von Maris. In der Hand einen Entwurf für seine Einladungskarte, der echt gut geworden ist. Coco war begeistert, als ich ihn ihr gezeigt habe.

»Hey, Maris«, sage ich schüchtern und er schaut von seinem Handy auf. »Es tut mir leid, dass ich dich mit deinem Eis angegriffen habe.«

Er streicht sich seine Haare aus der Stirn und lächelt.

»Das ist schon längst vergessen«, meint er und ich frage mich, ob er an Alzheimer leidet. Mein Opa hat das und der vergisst sogar, wie er heißt.

»Wie kannst du das vergessen, das war so peinlich.« Bei dem Gedanken krampft sich mein Magen zusammen.

»Mach dir keine Sorgen«, bittet er mich und ich zeige ihm mein Werk.

»Ich hoffe, es gefällt dir«, sage ich und beginne zu schwitzen.

Er betrachtet den Daredevil, der zu einem Sprung über seinen eigenen Schatten ansetzt. Darunter stehen die Daten, wann und wo die Feier für Maris stattfindet.

»Das ist so was von fly. Gefällt mir richtig gut«, meint er und greift danach.

Ich weiß nicht wieso, aber ich entziehe ihm die Einladungskarte wieder. Meine Gedanken wirbeln umher. Er macht schließlich eine Party. Und ich war noch nie bei einer dabei …

»Und wie ist das jetzt? Bin ich dann auch eingeladen?«, frage ich und habe fast Angst vor der Antwort.

»Natürlich, Penelope. Du bist mein Ehrengast«, höre ich ihn antworten. Ach herrje. Es ist wirklich laut im Klassenraum. Es schwatzen wieder alle durcheinander und ich ahne, dass ich ihn nicht richtig verstanden habe.

»Was?«, frage ich also nach und spitze die Ohren.

Er lächelt noch breiter. »Du musst unbedingt kommen. Es wäre toll, wenn du dabei bist.«

»Darf ich jemanden mitbringen?«, kommt es wie aus der Pistole geschossen. Ich bin hin und weg. Er lädt mich tatsächlich ein?

»Klar, solange es nicht deine Eltern sind?«, scherzt er.

»Cool, danke«, sage ich und kann es nicht fassen, dass ich dabei sein werde. Mit Coco selbstverständlich.

Ich überlasse Maris den Einladungsentwurf und schwebe davon. Auf einer anständigen Wolke 7, ohne Angst runterzufallen. Na gut, vielleicht habe ich ein bisschen Furcht abzustürzen. Aber die lass ich lieber mal wie einen Schatten hinter mir und kümmere mich nicht mehr darum.

Ich habe wenig später auch ganz andere Probleme. Die Englischarbeit ist nur eines davon. Denn ich hab leider total vergessen, Vokabeln zu lernen. Ich zupfe lange an meinen Zöpfen herum, während ich mir den Kopf zerbreche, wie ich die Aufgaben lösen kann. Doch ich verstehe sie einfach nicht.

Irgendwann stehe ich auf und gehe mit meinem Test nach vorne zu Frau Lindburg.

»Entschuldigung«, sage ich ganz leise. Die Lehrerin kaut an ihrem Bleistift – eine üble Angewohnheit, bei der man sich den Mund grau färbt – und guckt mich fragend an. »Kann ich vielleicht morgen weiterschreiben?«, bitte ich sie und setze mein liebstes Lächeln auf. Coco sagt immer, mit einem Lächeln ist jedem geholfen.

Die Lehrerin runzelt die Stirn. »Warum? Geht es dir nicht gut?«, fragt sie mich.

»Doch, aber da ich am Wochenende einen Verbrecher überführen musste, habe ich leider versäumt zu lernen«, gebe ich wahrheitsgemäß zu und hoffe auf mildernde Umstände. Doch Miss Lindburg ist ein harter Brocken, so unerweichlich wie ein Jadefels.

»Erzähl keine Märchen, Pebbels«, sagt sie und rollt ein ganz kleines bisschen mit den Augen. »Wenn du nicht gelernt hast, musst du die Konsequenzen selbst tragen«, meint sie stur und ich nehme meinen Test wieder mit an meinen Platz.

Ich spähe zu Mira hinüber, doch die lässt mich gerade mal die erste Aufgabe abschreiben. Zu großzügig, diese gemeine Nuss.

Nach der Stunde schlendere ich zum Kiosk. Mira, Henriette und Paul haben das gleiche Ziel und als Mira sich bei mir einhakt, weiß ich nicht, ob ich mich freuen oder schreiend weglaufen soll.

»Na, meine liebe Pebbels, wie geht es dir heute?«, fragt sie nett. »Konntest du mit meinen Lösungen etwas anfangen?«

Sie beißt in ihre Bio-Birne und schmatzt mir ins Ohr.

»Ja, ich denke schon. Danke noch mal«, sage ich höflich, auch wenn sie mir nicht wirklich geholfen hat. Mir war nicht entgangen, dass sie ihre Federmappe schließlich so platzierte, dass ich nicht weiter auf ihr Blatt schielen konnte.

»Ach, kein Thema«, sagt sie großmütig und ich krame mein Brötchengeld aus der Tasche.

»Dafür, dass du bei mir abschreiben durftest, kaufst du mir doch sicher einen Donut, oder?«, fragt sie nett und mein Lächeln verrutscht. Ich kann gar nicht so schnell gucken, wie ich ihre grüne Birne in der Hand halte und sie mit einer Geste meine Münzen fordert.

»Sag mal, wie war es denn noch so auf dem Jahrmarkt? Deine Freundin scheint ganz schön einen an der Murmel zu haben«, sagt sie dann auch noch und ich werde saurer, als eine Zitronenlimonade je sein könnte.

Paul kichert und ich frage mich, warum ich jemals Miras Freundin sein wollte? Im nächsten Moment angelt sie nach meinem Brötchengeld und ich kann es gerade noch wegziehen.

»Nein, eher nicht«, sage ich kleinlaut und spüre den vertrauten Kloß in meinem Hals.

»Pebbels, wieso denn nicht?« Mira verengt ihre Augen, legt den Kopf schief und fährt sich lässig durch ihre blonden Locken. Sie hat sich einen Lidstrich gezogen, der ihre Augen dunkel wirken lässt. »Wir sind doch Freunde?«

Dann geht alles ganz schnell. Ich habe keine Ahnung, was genau mit mir passiert, aber ich explodiere wie eine jahrhundertealte Bombe, auf der man unwissend eine lange Weile getanzt hat.

Krawumm!

»Nein, Mira. Wir sind keine Freundinnen«, stelle ich mal klar. Bumm!

»Echte Freunde nutzen einen nicht aus, sie machen sich nicht lustig übereinander und führen sie vor.« Oder scheuchen einen in Unterwäsche vor die Tür.

»Hab dich mal nicht so, du Sensibelchen«, antwortet sie und lacht künstlich. Henriette neben ihr schaut besorgt zu Boden.

»Weißt du, als deine Eltern sagten, du könntest alles im Leben werden, meinten sie ganz sicher nicht fiese Schlange.«

Ihr Mund formt ein *Oh*. Sie baut sich vor mir auf.

»Du findest, ich bin eine Schlange?«, fragt sie pikiert.

»Ja.« Eine knappe ehrliche Antwort. Wird sie mich jetzt verhauen? Sie ballt ihre Fäuste an ihren Seiten. In Gedanken gehe ich alle Karatefilme durch, die ich je gesehen habe, und frage mich, ob ich eine reelle Chance hätte.

»Catfight«, grölt Paul und klatscht in die Hände. Andere gucken zu uns herüber und tuscheln.

Mira entspannt sich wieder. »Ich war immer nett zu dir«, meint sie ernsthaft und Henriette räuspert sich neben ihr.

»Na ja, nicht immer«, gibt sie zu bedenken und als sie ihren Mund verzieht, glitzert ihre Zahnspange wie das Silber eines Schatzes im Bergsee.

»Sorry, dann hat dir keiner jemals gezeigt, wie man wirklich nett ist«, sage ich, so gefasst wie ich nur kann. »Freundlichkeit liegt dir nicht, dabei ist das ganz einfach. Und es kostet nichts.«

»Ach ja? Dann pass mal auf, was passiert, wenn du nicht mehr in meiner Gunst stehst«, antwortet die Super-Barbie und ich hoffe, Coco kommt bald an diese Schule. Es wird Zeit, dass der Laden hier mal aufgemischt wird.

»Ich hab mich immer bemüht, weil du ja irgendwie behindert bist. Das hat aber jetzt ein Ende«, verkündet sie.

»Wieso behindert?«, frage ich erschrocken.

Henriette ist das ganze sichtlich unangenehm.

»Na, du bist wie ein Gänseblümchen, unauffällig und schlicht, bei dem die Hälfte der Blüten fehlt. Irgendwie ein Mängelexemplar. Du redest am liebsten Unsinn und kannst dir nicht mal merken, wann die nächste Arbeit ansteht. Und in Sport bist du auch ’ne Niete.«

»Mira, hör auf, das ist gemein«, mischt sich Henriette ein und sieht mich entschuldigend an.

Ich hole tief Luft. »Und Pissnelken blühen das ganze Jahr, so wie du. Und trotzdem hast du nur ein hübsches Gesicht …« Paul murmelt ein *Na ja*, das mir nicht entgeht, »und sonst bist du hohl wie eine Nuss mit Intelligenzallergie.«

»Wir sind geschiedene Leute«, blökt Mira mir nach, als ich entscheide zu gehen. Ich kopiere Cocos Haltung, als sie der Ungerechtigkeit den Kampf angesagt hat. Kopf hoch, Rücken gerade und Kinn voran. Es ist seltsam, wie leicht es ist, über seinen Schatten zu springen, ohne dabei auf die Klappe zu fallen.

In der nächsten Pause setzt sich Henriette zu mir auf die einsame Bank im Schulhof und hält mir ein Kaugummi hin.

»Danke«, hauche ich überrascht.

»Ich fand es super, dass du Mira mal die Meinung gegeigt hast«, meint sie und schaut hinüber zu der Mädchentraube, die unsere Klassenkönigin umringt.

»Ich auch«, gebe ich etwas unsicher zu, weil ich keine Ahnung habe, was da noch auf mich zukommt. Mama sagt immer, jede Handlung hat seine Folgen. Manchmal sogar unerfreuliche.

»Das wurde auch mal Zeit, dass sich jemand traut«, sagt Henriette und freut sich. Ich betrachte ihre Sommersprossen, die sie seit letztem Sommer auf Anraten von Mira versucht, unter Make-up zu verstecken.

»Warum hast du es noch nicht gemacht, wenn du so denkst?«, frage ich vorsichtig.

»Warum hast du so lange gebraucht?«, stellt sie die Gegenfrage.

Ich zucke die Achseln, ich schätze, es brauchte eine neue Freundin und eine Verbrecherjagd, um für so etwas den Mut zu fassen. Oder hätte ich mich am Ende auch ohne das alles verändert? Und wie lange hätte es noch gedauert?

Ich sehe mich auf einem weißen Pferd in Ritterrüstung, wie ich einem Drachen einen der sieben Köpfe abschlage.

»Wir können ja zusammen zu Maris' Party gehen«, sagt Henriette und ich verschlucke mich vor Überraschung an meiner eigenen Spucke. Sie reicht mir ihren Orangensaft. »Du kannst ihn leer machen«, sagt sie mir und ich trinke, um nicht zu ersticken.

»Klar, können wir machen. Aber nur zu dritt, meine Freundin Coco kommt mit.«

Das ist wichtig! Ohne Coco geh ich auch nicht.

»Ach so, kein Problem.« Sie sieht nachdenklich aus und ich muss lachen. Ich stell mir vor, wie Coco Henriette und all die anderen mit ihrer Konfettimaschine bombardiert. Oder andere Scherze macht, die alle verwirren, so wie bei mir am Anfang.

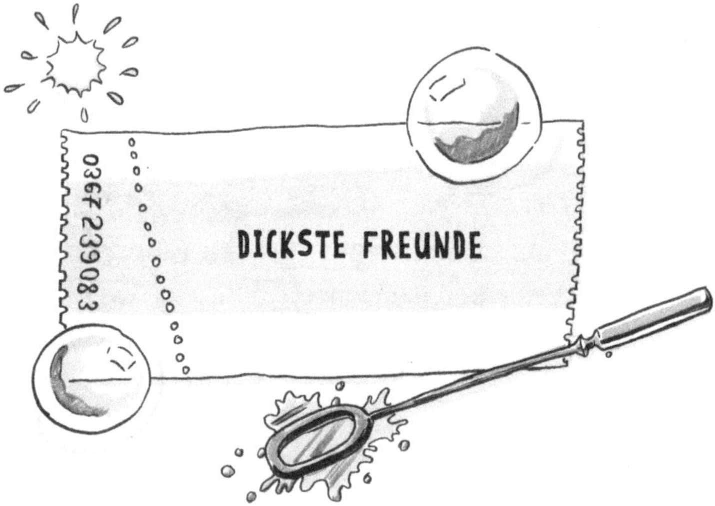

Es ist eine ganze Woche vergangen und Coco und ich haben noch so einiges erlebt. Wir haben Bruno mithilfe eines Zaubertrankes aus Brause und Zitronenvitamin C geheilt und waren ein letztes Mal mit dem auf der Haut bebilderten Schrotthändler auf dem Rummel. Dort fuhren wir den ganzen Nachmittag Autoskooter und haben uns als Stuntman-Nachwuchs qualifiziert. Einmal bin ich sogar bis auf die Kühlerhaube geflogen, so heftig hat es gerumst.

Und heute hat Bruno uns zu seinem Bruder, Cocos Papa Etienne, gebracht. Eine Primäre, wie Coco anerkennend betont. Bruno bekommt sogar einen Orden von ihr verliehen, fürs Über-den-Schatten-springen. Denn Verzeihen kann auch sehr viel Mut erfordern, wie mir scheint.

Etienne hat jetzt tatsächlich eine richtige Wohnung in der Nähe der Stadt und sogar Kuchen für uns gebacken.

»Ich bin phänomenal beeindruckt von dir, Papa«, sagt Coco und stopft sich den Mund voll, als wir gemeinsam an einem selbst gemachten Tisch aus Paletten sitzen. »Ich wusste gar nicht, dass du so was kannst.«

Etienne schmunzelt. »Nun, ich arbeite jetzt auch bei einem Bäcker, mein Keks. Nur noch nebenbei auf dem Rummel, wenn er in der Nähe gastiert. Vom Gespensterspielen alleine kann man nur schwer leben.« Etienne sieht zufrieden aus und ich schaue mir die ganzen Fotos an, die auf den Regalen stehen. Eines davon zeigt Etienne beim Feuerspucken und ich muss erneut daran denken, dass ich bei einer waschechten Zirkusfamilie zu Gast bin.

»Du bist ein wirklich hoch entwickeltes Vatergedöns«, zwitschert Coco und stupst mich an. »Ich bin sehr froh, dass ich jetzt jedes Wochenende deine Bude unsicher machen darf. Und ich täte mich wunderbar freuen, wenn ich Pebbels regelmäßig mitbringen könnte. Denn drei können mehr fabelhafte Dinge fabrizieren als zwei. Was hältst du davon?«, fragt sie Etienne und ich setze mein hübschestes Lächeln auf. Ich habe die Befürchtung, dass die Wochenenden sehr langweilig werden würden ohne Coco.

Etienne überlegt nicht lange und stimmt zu. »Ihr beide habt so viel für mich getan, wie könnte ich etwas dagegen haben.« Seine grünen Augen funkeln und er lächelt schief, wie Coco es oft tut.

»Das kannst du aber laut sagen«, antwortet Coco sichtlich zufrieden und füllt sich noch eine Ladung Kuchen auf den Pappteller.

Ich schlucke trocken. Der Kuchen rutscht nicht richtig und Coco haut mir mit Schmackes auf den Rücken, als ich husten muss.

»Zum Glück ist am Ende immer alles gut«, meint Cocos Vater und schenkt uns allen Limonade ein. »Und wenn es noch nicht gut ist, haben wir das Ende nicht erreicht und kämpfen weiter«, fügt Etienne zwinkernd hinzu und erhebt sich von seinem Stuhl. Mir fällt auf, dass noch einiges an Farbe in seiner Wohnung fehlt. Die Wände sind weiß, es hängen keine Gardinen vor den Fenstern und Kartons stapeln sich in den Ecken. Ich beschließe, ihm demnächst ein paar selbst gemalte Bilder mitzubringen, damit es hier schnell bunter wird. Denn mit ein bisschen Farbe hebt sich gleich die Stimmung in jeder Lebenslage. Zum Beispiel, wenn man sich Mira in Schlumpfblau vorstellt, hat man gleich gute Laune.

Denn so sah sie nach einem Zwischenfall auf Maris' Party aus. Es war so mega cool übrigens, als wir uns alle am See trafen und feierten. Die halbe Klasse war anwesend. Und ich mit Coco mittendrin. Laute Musik spielte aus mindestens fünf Lautsprechern und ich tanzte sogar mit Maris. Nur ganz kurz, bis Mira dazwischenfunkte. Aber immerhin.

Coco hatte ein Kleid mit schwarzen Rüschen getragen und dazu grüne Stiefel, die an Drachenhaut erinnerten. Ihre Locken hatte ich für sie gebändigt und zu einem Dutt hochgesteckt. Und Coco hatte mir bei einem Versuch, Friseur zu spielen, einen höchst fragwürdigen Pony geschnitten.

»Du musst dringend daran arbeiten, wie man sich nicht alles wegnehmen lässt«, flüsterte sie mir zu, während sie die letzten Handgriffe für ihre Überraschung tätigte und ich Maris nachsah. Ich strich mein kunterbuntes Kleid glatt und freute mich darüber, dass Maris mich überhaupt zum Tanzen aufgefordert hatte. Trotz schiefem Pony.

»Ich schicke dich bei Ferdinand, dem Zirkushund, in die Lehre«, meinte Coco lächelnd. »Denn wenn du dem einen Knochen gegeben hast, fehlte dir ’ne Hand oder mindestens zwei Finger, solltest du ihn danach noch mal anrühren.«

»Ich kann Mira ja schlecht beißen«, überlegte ich und wuschelte mir durch die Haare, da ich heute mal keine Zöpfe trug. Coco spannte eine Schnur zu einem der Tische, auf dem unzählige Flaschen mit Diät-Cola standen. Coco hatte etwas von einer Bombenstimmung erzählt, wenn sie alles richtig berechnet haben sollte, und ich wurde immer neugieriger. Erst recht, als sie noch blaue Farbe in die Cola kippte.

»Wieso nicht? Probieren geht über Studieren«, sagte sie und zwinkerte lustig.

»Das ist aber illegal«, klärte ich sie auf und stellte mir vor, wie meine Eltern mir einen Maulkorb verpassen müssten und ein Schild am Gartentor mit *Vorsicht vor dem Mädchen des Hauses* anbrachten.

Coco ging hinüber zu dem Tisch mit den Colaflaschen und knipste eine Reihe LED-Lichterketten an. Die meisten Gäste waren jetzt schon beeindruckt, allein von dem Aufbau und den

Vorrichtungen, die per Strippenziehung die Pfefferminzbonbons in Position brachten. Nur Mira nicht. Die rümpfte ihre feine Nase, und zwar seitdem wir angekommen waren.

»Hey, Stöckelkobold, du solltest unbedingt zu mir rüberkommen«, riet Coco Mira, als sie den Tisch und die Lichter begutachtete.

Mira dachte gar nicht daran, auf meine Freundin zu hören. »Was soll das denn werden, wenn es fertig ist?«, fragte sie stattdessen provokativ. So herausfordernd, dass ich einen Moment lang dachte, Coco würde ihr gleich vors Schienbein treten. Ich für meinen Teil hätte es gerne getan. Aber Gewalt ist ja keine Lösung, wie man mir versichert hat. Papa hatte es mir zumindest nach der Attacke gegenüber der Polizei noch mal eingetrichtert, dass man niemanden treten darf. Auch nicht aus edlen Motiven.

»Mein Geschenk für den ehrenwerten Gastgeber des Nachmittags«, setzte Coco dann zu einer Erklärung an. »Es ist nämlich gang und gäbe, dem Geburtstagskind zu huldigen und Feuerwerke zu starten. Da ich aber zurzeit nicht volljährig bin und mein Onkel Bruno mir mein Feuerzeug gestohlen hat, hab ich mir da etwas anderes einfallen lassen. Also, wenn du so gut wärst und wie die anderen Gäste zur Seite gehen würdest?« Coco trat nervös von einem aufs andere Bein und wedelte mit der freien Hand.

»Nicht bevor ich mir das angeschaut habe«, erwiderte Mira mit einem überheblichen Lächeln. »Ich weiß nämlich, was Maris mag und was nicht. Und da ich bei der Planung geholfen habe und der Platz hier am See meinen Eltern gehört, muss ich alles, was durchgeführt wird, zunächst abnehmen.«

Coco schob schmollend ihre Unterlippe vor und suchte Rat bei mir. Ich zuckte nur die Schultern.

»Wie hummeldumm, Miss Nullcheckerin. Für eine TÜV-Abnahme ist es zu spät. Der Stein rollt schon, quasi auf dich zu …«

Coco verstummte und verzog ihr Gesicht. Ich wusste nicht, ob sie lachen wollte oder etwas bedauerte. Und dann geschah es auch schon: Ein Mechanismus löste die von Coco geliebten Kettenreaktionen aus und Pfefferminzbonbons wurden in die offenen Colaflaschen geschleudert. Eine nach der anderen reagierte chemisch mit den Inhaltsstoffen der Cola. Mit einem Schwall schossen die Flüssigkeiten in die Höhe und wurden beleuchtet von den Lichterketten und den Taschenlampen. Dazu spielte ein Klavierstück von Johann Sebastian und untermalte die Dramatik des blauen Schauspiels. Es passierte alles wie geplant, die blauen und braunen Flüssigkeiten überkreuzten sich und erinnerten an wunderschöne Springbrunnen. Das größte Spektakel war aber der Moment, in dem Mira einen ganzen Schwall völlig ungeplant in ihr gut geschminktes Gesicht bekam. Auweia!

»Verkackte Entengrütze!«, stieß Coco aus und starrte das blaue Wunder an. Dann begann sie zu lachen, wie all die anderen, die in sicherer Entfernung standen. Paul applaudierte laut. Henriette schlug sich die Hände vor den Mund.

»Super, du siehst klasse aus«, meinte Coco und reichte der prustenden Mira ein Taschentuch. »Ein bisschen wie eine Jahrmarktsattraktion. Nur mit mehr Schaum im Haar.«

»Du wolltest mich umbringen!«, kreischte Mira und Maris kam zu Hilfe. Wie ein Ritter in Rüstung war er zur Stelle und hielt Mira davon ab, auf Coco loszugehen. Dann riss sie ihm sein Badehandtuch aus der Hand, das er ihr reichte, und schrubbte sich den Kopf.

»Wenn die beiden nicht sofort gehen, dann verlasse ich die Party«, drohte sie mit erhobenem Zeigefinger. Ich wette, wenn Kackfrosch da gewesen wäre, er hätte sofort darauf eingehackt. Er mag die Geste schließlich auch nicht. »Die sind eine Gefahr für jeden, der ihnen zu nahe kommt.«

»Bleib mal locker«, riet ihr Maris und konnte sich das Grinsen nicht verkneifen, als Mira die Farbe nicht abbekam.

»Ich hätte keine Tinte nehmen sollen«, raunte Coco betroffen. »Lebensmittelfarbe wäre leichter abzuwaschen.«

»Du konntest ja nicht damit rechnen, dass jemand drin duschen würde«, tröstete ich sie. »Außerdem, wir können ihr ja alle unsere Tintenkiller schenken. Das geht bestimmt«, grübelte ich.

»Du hast recht, wie immer. Find ich super an dir«, freute Coco sich.

Andere kamen zu uns herüber und fragten Coco, ob sie so etwas auch zu ihren Geburtstagen veranstalten könnte. Oder etwas vergleichbar Spektakuläres.

»Wenn ich genug Spekulatius habe, den ich mit Frühstücksspeck kombinieren kann, ganz bestimmt. Dabei kommen mir nämlich die besten Ideen«, meinte Coco und tippte sich an ihr Brillengestell, während sie nachdachte. »Aber jemanden wie Mira müsst ihr selbst stellen. Die muss man bestimmt buchen.«

»Ich sag es euch, Coco und Penelope sind eine Gefahr für unsere Gesellschaft und sie sind absolut irre!«, motzte Mira weiter und schrubbte sich das Gesicht, das nur noch blauer wurde.

»Wir? Eine Gefahr? So ein Quatsch«, sagte Coco und ihre grünen Augen begannen hinter ihrer Brille zu funkeln. »Du musst dich lediglich vor den Schlumpfjägern in Acht nehmen. Die machen Speiseeis aus blauen Schlümpfen und könnten ein Geschäft wittern, wenn die dich sehen.«

»Hahaha!«, brüllte Paul los. »Das ist ja genial. Hey, Schlumpfine, wo hast du denn Papa Schlumpf gelassen?«

»Du bist ja verrückt!«, spie Mira Coco entgegen, doch die ließ sich gar nicht aus der Ruhe bringen.

»Nein, geistig sehr aktiv, aber nicht verrückter als du, weil du einfach vor den Tischbomben stehen geblieben bist. Ich hab dich schließlich gewarnt.«

Coco verschränkte die Arme vor der Brust und legte ihren Kopf schief. Ihr Lockendutt fiel dabei leicht zur Seite. Und Mira gab auf. Sie rauschte auf ihren hohen Hacken und mit ihrem neuen blauen Teint davon. Wenn dies ein Märchen gewesen wäre, würde es jetzt heißen, ich hätte den Prinzen bekommen und die böse Schlumpfprinzessin wart nicht mehr gesehen. Doch wir sind noch lange nicht am Ende.

Denn jetzt geht's erst richtig los.

Und als Cocos Papa sagt, er habe eine Überraschung, bin ich gespannt wie ein Flitzebogen. Wir folgen ihm auf eine kleine Terrasse hinter seiner Wohnung. Sie liegt an einem freien Feld und einer Asphaltwüste, wie Coco den riesigen Parkplatz nennt.

»Was hast du vor?«, fragt Coco aufgeregt und springt wie ein Flummi auf und ab.

»Du hast mich so oft gefragt, wann ich einmal wieder für dich Feuer spucke«, erinnert er das ehemalige Zirkusmädchen und ich kann nicht fassen, was ich dann zu sehen bekomme.

Cocos Vater hat eine richtige kleine Bühne aufgebaut und wir setzen uns in einen Autoskooter, um seine Vorstellung anzuschauen.

»Meine Damen und Herren, Prinzessinnen und Königinnen«, eröffnet er die Show. »Ich heiße Sie alle herzlich willkommen im Kabinett des Drachen.«

Musik ertönt und wie auf einen magischen Befehl hin, verdunkelt sich der Himmel. Also, ganz ehrlich, manchmal muss ich mich immer noch fragen, ob Coco und ihre Verwandtschaft wirklich von dieser Welt sind oder lediglich verschleiern wollen, dass sie alle einen magischen Ursprung haben.

Die Musik wird schneller und Etienne entzündet Flammen

an mehreren Fackeln. Dann wirbelt er sie durch die Luft und jongliert damit. Das Feuer verschwimmt zu Linien, Kreisen und Formen und Coco juchzt begeistert neben mir.

»Ja, mach den Drachen, Papa!«, grölt sie und packt mich fest am Arm. Ich lasse mich von ihr drücken.

»Pass ganz genau auf, was jetzt geschieht«, raunt sie mir zu. Mein Blick fällt für einige Sekunden auf ihren Drachenring am Finger, er scheint sich zu bewegen. Oder ich wünsche mir, dass er es tut.

Etienne beginnt zu tanzen. Das Feuer umschmeichelt seinen Körper, krümmt ihm aber kein Haar. Ich schätze, meiner einer sollte nie so etwas versuchen nachzumachen.

Ich halte die Luft an, als sein wilder Tanz plötzlich endet und er seinen Kopf in den Nacken legt. Er führt eine Fackel an seinen Mund und … mir entfährt ein Aufschrei, als die Flammen brüllend in die Luft streben. Funken regnen um uns herum nieder. Das Feuer wächst zu einem Drachen empor und erhebt sich vor uns. Majestätisch breitet er goldene Flügel aus und Coco und ich werden mit dem Autoskooter von einer Druckwelle erfasst. Unsere Haare fliegen um unsere Köpfe, wir werden rückwärts getrieben und halten uns an den Händen. Die Umgebung versinkt in goldgelben Farben und alles dreht sich. Der Drache reißt sein Maul auf, Zähne blitzen und dann …

Ich blinzle. Natürlich geschieht das alles nur in meinem Kopf. Der Drache ist lediglich Etienne, der jetzt eine Flamme nach der anderen verschluckt und löscht. Es ist beinahe magisch, wie das Feuer in seiner Kehle leuchtet, bevor es erstickt wird und nur etwas Rauch aus dem Mund dringt.

»Hammerkrasser Mist!«, krähe ich und komme auf die Beine. »Das ist scheiße noch mal die beste Show, die ich je gesehen habe!« Ich kann gar nicht so doll applaudieren, wie ich es super finde. Etienne verbeugt sich tief vor uns und Coco fordert eine Zugabe.

Bei Coco zu Hause lasse ich mich auf ihr Bett fallen. Kackfrosch landet auf meinem Fuß und zupft an meinen Socken. Heute habe ich gleichfarbige an. Fliederlila mit azurblauen Punkten.

»Du hörst mir aber schon zu, oder?«, fragt Coco nach einer Weile.

»Klar«, lüge ich und grinse zerknirscht.

»Also bist du dabei?«, vergewissert sie sich und lächelt mich gewinnend an. Kackfrosch kneift mir in den großen Zeh und ich bin plötzlich wieder ganz wach.

»Natürlich.« Wobei auch immer. Hauptsache, Coco ist mit von der Partie.

»Super, dann buche ich uns gleich morgen einen Flug.«

»Flug?« Ach du Scheiße!

»Ja, nach Tibet. Um die Ausbildung der tibetanischen Zirkusflöhe zu absolvieren, damit wir in den Salto-mortale-Club aufgenommen werden und der Karriere als fliegende Kanonenkugel nichts mehr im Wege steht.«

»Bitte?« Meine Augen gehen fast über. Ich? Als Akrobatin? Das ist ein ganz schlechter Scherz.

»Hahahah!« Coco kringelt sich. »Du müsstest dein Gesicht mal sehen.«

Ich entspanne mich etwas. »Wer will denn schon zum Zirkus?«, zwitschert Coco und pfeift nach Kackfrosch. Er macht zwei Runden über ihrem Kopf und landet anschließend auf ihrem Arm.

»Na ja.« Eigentlich stelle ich mir das schön vor, besonders, wenn man Coco so zuhört.

»Ich hab 'ne viel bessere Idee«, verkündet sie und küsst den Vogel auf den gelben Schnabel. »Wir zwei beide werden Geisterbahnfahrtenorganisatorinnen und gründen die Firma *Schreckensanalytiker und Kowalski.*«

Ich runzle die Stirn. »Wieso denn Kowalski?« Keiner von uns heißt so.

»Weiß nicht, ich finde, das hört sich lustig an.« Coco zuckt mit den Schultern und setzt sich auf den Schreibtischstuhl. Sie lässt ihn so schnell im Kreis drehen, dass dem Vogel schlecht wird. Zumindest hat er schnell den Schnabel voll und fliegt auf seinen Käfig, der unter der größten Palme steht.

»Du spinnst doch«, stelle ich fest.

Die Tür geht auf und Gerda kommt mit einem Berg Wäsche herein.

Während sie Pullover in Cocos Schrank stopft, tritt sie aus Versehen in einen Vogelschiss. Oje.

Ich höre schon das Donnerwetter.

»Ach du liebe Gerda, lass mich dir helfen«, sagt Coco nett und geht auf die Knie, um sie mit einem Taschentuch zu bearbeiten.

»Lass das, Coco«, beschwert Gerda sich und balanciert auf einem Bein die restliche Wäsche vor sich her. Nicht besonders elegant, wie mir sofort auffällt. Ich stelle sie mir in Cocos Ballett-Tutu auf einem Seil vor und muss lachen.

»Halt still, sonst erwische ich nicht die ganze Kacke, hummeldumm noch eins!«, flucht Coco.

Und es passiert.

Gerda verliert das Gleichgewicht, die restlichen Klamotten fliegen und die runde Dame gleich mit. Immerhin landet sie weich. Nämlich auf Coco. Ach du Schreck!

Ich springe sofort auf, um den beiden zu helfen.

»Vermaledeite Teufelsbrut!«, stößt Gerda aus und das als Fluchallergikerin. Sie reibt sich den Rücken. Coco halb unter ihr japst.

»Argh, Arschkanonenbitter. Ich komme verdammt noch mal tot von der Welt!«, flucht meine zerquetschte Freundin. »Ich krieg Schiete noch eins keine Luft!«

Kackfrosch pfeift *Atemlos durch die Nach*t. Gerda nimmt ihren runden Hintern von Coco und meckert jetzt in erhöhter Geschwindigkeit.

»So ein Mist, vermurkst noch eins. Meine Hüfte.« Ich helfe ihr auf die Beine. »Die ist kaputt, ich spüre es, zur Hölle.«

»Aber Gerda, wer wird denn gleich so fluchen?«, fragt Coco, als sie wieder klarkommt.

»Ich habe eben Schmerzen, dann tut man das auch in einem sauberen Haushalt«, gibt sie zu und jammert noch ein bisschen lauter.

»Also stimmst du mir zu, dass es gegen unangenehme Gefühle hilft?«, fragt Coco und führt Gerda auf ihr Bett. »Leg dich hin, meine Liebe«, kommandiert sie und ich hieve Gerdas Beine auf Cocos Geheiß auf die Matratze.

»Entspann dich. Alles wird am Ende gut, ich hab mal irgendwo gelesen, in Polen kann man neue Hüften bestellen. Da gibt es zwei zum Preis von einer, also spart man sogar. Das machst du doch gerne, oder? Sparen, meine ich.« Irgendwie ist es rührend, wie Coco ihrer Planschkuh über die Haare streicht.

»Geht schon«, meint Gerda ganz geplättet, weil sie Cocos Fürsorge ebenso wahrnimmt wie ich.

»Bist du sicher? Ich kann da mal anrufen, außerdem hab ich ein Sparbuch. Mach dir bloß keine Sorgen ums Geld«, erklärt Coco nett.

»Das ist deins, das würde ich dir nie wegnehmen«, wehrt sich Gerda und versucht sich aufzurichten.

»Das ist kein Problem, Gerda. Wenn du etwas brauchst, würde ich dir gerne aushelfen. Und Pebbels und ich, wir planen ohnehin unsere Karriere. Wir werden ganz sicher später einmal steinreich. Und ich meine nicht nur an Erfahrungen, sondern in Monetenform. Wir werden damit beginnen, unsere

Doktorarbeit über die positiven Eigenschaften des Flüchenie-sens zu schreiben und dann entwickle ich einen Fluchgenerator, der für jeden Anlass die passenden Schimpfwörter liefert. Und damit heilen wir die Welt von unnötigen Bauchbeschwerden und Verstopfungen, die durch das Runterschlucken von negativen Emotionen verursacht werden.« Cocos Augen leuchten und ich finde die Idee so richtig fly. »Und, liebe Gerda, wenn der erste Scheck kommt, kaufen wir dir ganz viele neue Lilien«, verspricht sie.

Gerda ist dezent sprachlos. So still wie noch nie. Und als eine ganze Weile später Bruno seinen Kopf ins Zimmer steckt, um nach dem Rechten zu sehen, sieht er zu, dass er ganz schnell wieder verschwindet. Denn der Frieden, den wir drei in diesem Moment hier auf Cocos Bett haben, darf nicht gestört werden. Wir sind nämlich dabei, Gerda in unseren *Dickste Freundinnen Kreis* aufzunehmen.

Zumindest ein bisschen, denn zwischen Coco und mich passt kein Blatt. Wir sind nämlich die KUDDFEAFs, die Krassesten-unter-den-dicksten-Freundinnen-ever-and-forever.

In diesem Sinne, es lebe die Freundschaft unter Freunden mit Spezialeffekten. Normal war gestern – jetzt kommt's bunt und im Doppelpack.

Teichert, Mina:
Spring! Vor allem über deinen Schatten
ISBN 978 3 522 50632 8

Umschlaggestaltung/-illustration und
Innenillustrationen: Stephanie Reis
Innentypografie: Arnold & Domnick GmbH, Leipzig
Reproduktion: DIGIZWO GbR, Stuttgart
Druck und Bindung: GGP Media GmbH, Pößneck

MIX
Papier aus verantwortungsvollen Quellen
FSC® C014496

2. Auflage 2020

Dieses Buch wurde vermittelt durch die Agentur SCRIPTZZ.
www.scriptzz.de